維那思老師
的鑽石班
王洛夫◎文
于路◎圖

自序

# 用思考磨亮鑽石

校園像電影院的大螢幕，天天上演著故事，戲碼中包含許多社會議題，這全都成了我的靈感泉源。我發現，演員若往灰暗的方向思考，就演得荒腔走板、惡戲連臺；但如果能做有智慧的思考，就演得有板有眼；能做光明的思考，就能演出勵志溫馨的好戲。

於是我領悟了，原來「思考，就是力量。」好的思考可以帶來「正能量」！

教學二十餘年，遇過許多的人和事，一直很想寫些故事，和大家分享。我不想只寫搞笑或鬧鬼的娛樂，而希望是充滿立體感、能穿越時空，兼顧過去、現在與未來的故事，許多師生的情誼與創作的靈感在心中醞釀了二十年，感謝幼獅文化劉淑華總編輯的支持，我終於圓了這個夢。

現在的校園，不像從前那麼單純，學生從小要面對網路氾濫、各種霸凌、性別認同、性知識啟蒙、文化差異……，如海嘯般湧來的問題，比二十年前更有挑戰性。然而「煩惱即菩提」，這些問題突顯了思考能力的重要，「思辨力就是明燈」，懂得思辨就能讓心在黑暗中放光，像明月照亮夜空。

由於大學時主修心理與輔導，所以我分析孩子們的情緒與想法，並且以正向引導的方式化解困境；為了展望未來，我加入了科學幻想的趣味，讓讀者進入未來時空；為了幫助孩子適應現在，我引用新聞事件，探討時下熱門議題；為了獲取前人的智慧，我效法希臘哲人的問答思辨精神，介紹東方的「曼陀羅思考法」與西方的「應用心理學」。

在這價值觀念紛亂的年代，孩子們普遍會遇到「自我認同」的問題，於是我寫了

「未來同學會」，來探討孩子們夢想中的未來職業是否適合自己？

「性別」到底有幾種？這個議題為什麼像八級地震一樣欲罷不能？是上帝開了一個大玩笑嗎？在這個講求多元認同的時代，對於看似不男不女的，又該如何認同自己？

我介紹「周哈里窗」，幫助讀者自我了解，提升自信，進而悅納自己；「六頂思考帽」有助於突破直線思考的偏狹，讓思路更全面、更有創意；霸凌是隱形的鎖，在生活中若隱若現，是個難以發現卻就在身邊的祕密，要靠正向思考的正能量來破解密碼。

我一直相信時空是重疊的，大小宇宙並行存在，每個孩子都是一個星球，一個校園就是一個星系。維那思老師的水晶球，能產生虛擬實境，讓人任意的穿越過去、現在與未來，一切的情節都由心創造，彷彿五官親身經歷；讀者不再僅是字面的「讀到」、「知道」，而是走進立體電影裡面參與演出；想像不再是做夢，而是能讓心發出清脆的鳴響；科學幻想也不是天馬行空，而是有扎實科學依據的推理，今天的幻境將成為明天的真實，套句科幻大師黃海的名言：「科學幻想是未來的歷史。」

書中的維那思老師說，這一班的學生將會決定地球的未來，這話聽似誇張，但人類的命運，的確是由無數的孩子們共同決定的，而孩子今日的思考，將成為明日的光芒。事實上，每個人心中都有顆鑽石，若能經過高溫、高壓的形塑，靠敏銳的思考來切割，最後光芒必如花綻放，如希臘神話中維納斯女神的誕生。

# 人物介紹

## 維那思老師

來自金星的地下城，是一個有各種高科技法力的外星人，有一個能穿越古今的水晶球，用「讀心術」和「正能量」來啟發學生。因為這群孩子未來可能將要移民金星，所以她特別來調查，試著找出適當的方法幫他們改掉壞毛病，變成可愛的小天使，讓未來金星上的世界更美好。

## 曹可玲

外號「巧克力」，大部分的時候很貼心、很「甜」，有時愛抱怨、很「怕苦」。家中男生多，所以特別懂男孩子的心，很得人緣，不過一遇到挫折就像巧克力遇熱融化，正努力學習堅持。

## 戴毅遠

外號「大議員」，很能發表自己的想法，是班上的意見領袖。因為常常閱讀，常識豐富，一副很有自信的樣子。缺點是話太多了，便容易說錯話。

## 何妙麗

留著俐落的短髮，田徑隊的主將，晒得黑黑的。雖然媽媽很早過世，但個性開朗豪爽、有同情心、樂於助人，所以常常被選上班長。外號叫「黑貓女」，因為她會幫爸爸送宅急便，就像日本動畫《魔女宅急便》的琪琪。

## 林秋紅

聰明伶俐，樂於與人分享，會幫忙做事。爸媽離婚後，因為缺乏安定感和自信心，所以常常鬧脾氣，但是在老師、同學的關心下，漸漸學得堅強、樂觀。秋紅的媽媽是新住民，所以從小語言發展有點落後，一年級學注音符號時大家笑她「紅印泥」。（紅的意思是「不及格」，「印泥」是「印尼」的諧音）

## 郝奇斌



外號「好吃的冰」，因為是早產兒，所以體能不好。爸爸希望他除了把書讀好，也要強壯些，因此給他取名「文+武」。外表白白淨淨，身材圓圓短短，膽子小，想像力豐富。雖然常被大強欺負，但他心胸寬大，從不放在心上。

## 李自強

外號「大強」，他小時候的綽號叫「小強」，現在長得高大健壯，就變成「大強」了。來自低收入戶家庭，個性單純又熱情，有俠義精神，運動好、頭腦好，但成績不好。愛說大話，喜歡大家把他當老大。看似粗魯，其實本性很好。

# 目錄

# 從金星來的維那思老師

金星人正進行著科學研究會議，討論到地球汙染嚴重，人類近來頻頻向外星球探索，想要到其他星球上居住，很可能會先移民火星，然後下一步移民金星。

「地球人究竟是善是惡？能不能信任？」主席宙思問。

「我覺得他們進化失敗，只能算是沒毛的猴子，不能信任。」生物學家咖哩‧范說。

軍事專家泡必打說：「地球已經被弄得烏煙瘴氣了，所以絕不能讓他們靠近金星。我主張用雷射砲擊毀他們的太空船。」

「不，我覺得他們只是暫時遇到進化的瓶頸，只要給予正能量，並且加強他們的想像力，就能幫助他們成功進化。」心理學家維納斯說。

宙思主席說：「都有道理，但地球的未來，決定於地球人如何思考，我們沒有真正深入了解地球人，很難決定要怎麼做，這……」

「金星，是地球人能看到最亮、最美的一顆星，當他們抬頭仰望，就覺得看到信心、希望和愛。你們知道嗎？那是因為我曾拜訪地球，帶給他們的影響。」維納斯一邊微笑著回憶，然後自告奮勇的說：「為了太陽系未來的和平與美好，我願意再次變身成地球人，去研究他們的心裡在想什麼，幫助他們思考。」

泡必打高聲說：「這太危險了吧！」

「我的名字，就是地球人稱呼金星的英文“Venus”。我三千年前曾經到地球做研究，當我降落海面時，一片金光閃耀，希臘人覺得美極了，就在他們的神話故事裡出現了美神維納斯，掌管『美』和『愛』。我啟發希臘人如何思考，所以希臘出現了三位有名的哲學家：蘇格拉底、柏拉圖、亞里斯多德。」

「他們有進化嗎？」咖哩・范追問。

「當然有囉！希臘發展出人類最早的民主制度，古希臘的神話、文學、藝術都很了不起，他們為了保持像我維納斯這麼好的身材，還舉辦了奧林匹克運動會呢！」

咖哩・范看著美麗的維納斯，猛點頭，心想：她真是氣質優雅得像哲學家、身材健美得像體操選手。

「我派保鑣跟妳去吧？」泡必打還是不放心。

「不必了，你的保鑣有點像狗仔隊，色瞇瞇的，我才不要呢！我有高科技寶物來保護。」說著，維納斯拿出一個水晶球：「地球人以為這是魔法，其實是5D虛擬實境播放器，它可以隨時產生過去、現在和未來的虛擬實境，讓我看到地球人在做什麼，也可以把頻率瞄準某個人的腦波，讓他進入虛擬實境，就好像在做白日夢一樣。就算有歹徒，當他看到虛擬實境有幾個路人經過，就不敢作怪了，連警察都不太需要出馬了。」

「可是妳總不能走到哪兒都帶著一顆水晶球吧？」宙思懷疑。

「放心，現在的水晶球已經進步到可以縮小，放到我的眼球上，就像一片隱形眼鏡了。」說著，維納斯將水晶球戴上，她眼中射出一道光，大家隨著光看到地球海邊的一片樹林，開了許多芳香的花朵，許多美麗的鳥在飛翔，夕陽緩緩沉入海中。

在場的人都歡呼鼓掌，他們走到海浪中戲水，一邊稱讚這虛擬實境實在太棒了，視覺、聽覺、嗅覺、味覺、皮膚的觸覺都能體驗到。

「現在你們相信了吧？」維納斯得意的說，「我的法寶還不只這樣，有沒有看到我的耳環？那是電波接收器，也就是『讀心術雷達』，能將電波傳到我的耳朵裡。地球人在想什麼，透過這個把腦波轉成電波的裝置，我都能知道，而且當他們有危險念頭的時候，警報就會響。」

「這次打算去哪裡呢？再去希臘嗎？」宙思主席問。

「不，這次打算到一個美麗的島嶼，名叫臺灣。那裡有一所稻田小學正在徵代理老師，有一群很特別的小朋友等著我去。」

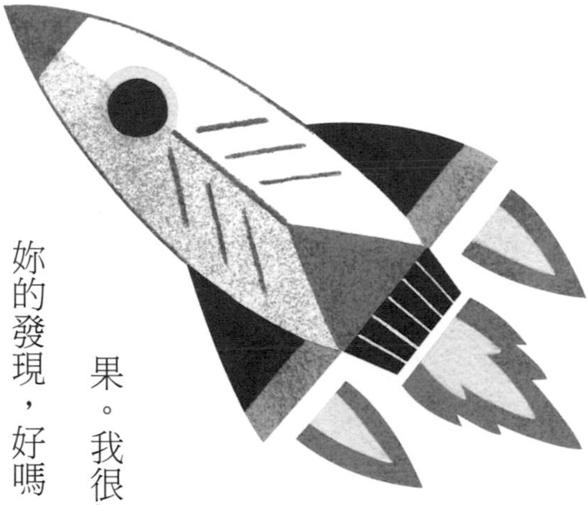

「妳要去改造他們的生物基因嗎？」咖哩・范問。

「不，每個孩子都是特別的，不需要改變基因。我要用水晶球產生的正能量來幫助他們。」維納斯說。

「好，就派妳為駐地球特使，很期待看到結果。我很好奇呢！」宙思微笑的說：「請妳定期向總部報告妳的發現，好嗎？」

「當然沒問題，請準備接收我發送的最新動態報告吧！」維納斯笑得像金星一般燦爛。

## 第一節課

維納斯來到一個叫做「稻田」的小鎮，當地的稻田小學正急缺一名代理老師。

維納斯想，要用什麼名字化身地球人呢？她查了一下地球人的姓，最接近「維」的就是「魏」。「納」呢？就用「那」來代替吧？至於「斯」呢？因為這次來地球，主要就是教地球人如何思考，當然就用「思」囉！「魏那思」，就用這個名字吧！

維納斯兼具智慧與美貌，果然立刻就被學校錄取了。開學時，她來到五年一班，第一次見到這群輔導紀錄中寫著「不好教」的小朋友。原班的老師因為家裡的孩子還小，每天又要應付這群早熟又搞怪的學生，睡眠嚴重失調，於是請育嬰假，一方面想好好照顧小孩，也順便調理自己的身體。

「大家好，我是魏那思老師，你們可以在課堂上稱呼我『維那思』老師，下課後叫親密一點，可以稱呼我『思思老師』。李老師和我交接時說你們是個『假性早熟班』，鬼名堂很多，喜歡做超過自己年齡的事，思考能力卻不夠，就像太早熟的稻子裡是空心的。我的專長是心理學與輔導，所以你們要小心，老師有『讀心術』喔！你們在想什麼我都知道。」

「真的嗎？」坐在最後面的男同學問，「那我現在在想什麼？」

「你在想眼前的老師年輕美麗氣質好，功課會不會出比較少？處罰學生會不會輕一點？等一下大聲搞笑的話會不會被處罰？」

「喔！天哪，真的都說對了。」

「還有呢，你的名字叫李自強，小時候很調皮，常常被媽媽追著打屁股，就像打蟑螂一樣——呵，大家都把蟑螂叫小強——所以就叫你『小強』。現在你長得又高又壯，外號就變成『大強』了，對吧？」

大強驚訝的說：「太神了！老師，妳真是女神哪！」

維那思老師繼續說：「而且我會教你們如何思維，『維那思』三個字反過來，就是思那維，『那』像個問號，就是『怎麼』的意思，所以『維那思老師』就是幫助你知道『怎麼思維』的老師。你們知道嗎？維那思老師最愛美，在我眼中，你們全是鑽石，只不過要靠思考力去掉雜質，需要用思辨能力來切割，才能顯現出美麗的光芒。」

「大強，你從蟑螂變鑽石了耶！」戴毅遠小聲的笑著。

「不要小看你自己，你們都是最貴重的寶貝，你們也是地球的希望。整個人類的未來就要靠你們了。」維那思老師知道，金星總部的政策將由這群孩子的表現來決定。

一個說話口齒流利的男生問：「老師，我好像在哪裡看過妳，妳認得我嗎？」

「你叫戴毅遠，參加演講比賽得過大獎，平常很愛發言，會勇敢的表達自己的想法，同學都稱呼你『大議員』。不過有時候話多了點，而且說錯話的時候還可能跟人吵架。」

「哇！老師，我真的被妳看穿了。難道每個學生妳都能看穿嗎？」

「妳是何妙麗，一直擔任班長。」維那思老師走到學生座位間，拍拍妙麗的肩膀：「家境雖然不好，媽媽過世了，可是會幫爸爸送宅急便，堅持不申請學校補助。妳是田徑隊的隊長，運動會一百公尺金牌得主，很多男生喜歡妳，但是妳很大方的和大家都當朋友，因為相信沒有人能『追』得上妳。」

說到喜歡妙麗的男生，有個女孩不禁轉頭笑著看戴毅遠和大強，沒想到被維那思老師拍了一下肩膀。

「妳是曹可玲，外號『巧克力』，有可愛的小酒窩，不但笑容甜美，說話也很甜。家裡是做生意的，所以從小就學會說話的技巧。」

「妳是林秋紅，媽媽是印尼人，聽說妳剛上小學的時候很愛哭，可是後來越來越進步，成績也跟上來了。」

「你是郝奇斌，看到這個『斌』字，就知道爸媽希望你文的武的都行，對吧？」

戴著眼鏡，坐在第一排，臉很圓的男生怯生生的小聲答：「對，我文的還可以，武的就不太行。」

戴毅遠沒舉手就大聲說：「他是『好好先生』、『好同學』，大家老愛欺負他，所以都說郝奇斌是『好吃的冰』，可是他都不生氣，真沒個性！」

維那思老師說：「你這樣說會讓奇斌不舒服。」果然，奇斌低著頭，臉好紅，無奈的傻笑。

但戴毅遠還是控制不住，繼續說：「尤其是那隻大蟑螂老愛吃冰，常常叫郝奇斌請客。」

「喂！議員就可以亂說話呀？」大強舉起拳頭，「你自己還不是讓他請過，而且如果有人要欺負他時，我都會保護他，他是感謝我才請我的。」

「哈！你保護他就可以收保護費嗎？」毅遠不甘示弱，兩人竟然吵起來了。

「吵架的正面價值，是為了更好的溝通，所以要不要來握手五分鐘？」被維那思老師一說，毅遠和大強都搖搖頭，樣子好像「吃了乖乖」。

維那思老師說：「看來郝奇斌真是個大好人，我覺得他的臉和身材，倒是很像『彌勒佛』，度量很大，笑口常開，樂於助人，我好喜歡奇斌笑的樣子。」

郝奇斌一聽，笑得更像彌勒佛了。

「老師，他們常常吵架，可是又喜歡一起玩，每天吵，每天又玩在一起。」

妙麗補充說，「可是，我們都覺得，聽他們吵架好像看無聊的連續劇，好想轉臺。以前教我們的李老師被他們吵煩了，就罰他們一起去掃廁所，奇怪的是，每次掃完，他們就和好了。」

戴毅遠說：「我們『相侵相礙』完，都會相親相愛呀，呵呵！」

「哈哈！李老師說，蟑螂就喜歡廁所嘛！議員也愛考察廁所。」秋紅笑著說。看到大強和戴毅遠臉色鐵灰，可玲趕緊堆起甜甜的笑容，轉移大家的話題。

「老師，妳那麼漂亮，有沒有男朋友啊？」

「呵呵，老師看起來很年輕對吧？其實我幾千年前就結婚了，我先生是外星人。」

看到大家一臉驚訝，維那思老師發現自己一時得意忘形，說錯話了，趕忙改口說：「我是說我很早結婚，老公是外國人，他的名字叫Mars，中文是馬爾斯，是戰神的意思。我還有一個可愛又調皮的兒子，叫做Cupid，中文是邱比特，在希臘神話裡，是愛神喔！」

可玲說：「我聽過愛神邱比特的故事，他是一個頑皮的小男孩，常常隨身帶著弓箭，如果有兩個人被他隱形的金箭射中，就會愛上對方。」這時，可玲看見一個小男孩，正拿著弓箭躲在維那思老師後面。她揉揉眼睛，小男孩不見了，她想，是自己的錯覺吧。

維那思老師想起從前在做心理學實驗的時候，發明了一種「愛神的箭」，沒想到不小心被讀幼稚園的邱比特拿去當玩具，讓一些人莫名其妙的愛上別人，鬧了一些笑話，結果就被希臘人記錄下來，成了神話故事。現在想起來，還覺得很好笑。

「老師，妳在笑什麼啊？」可玲好奇的問。

「我在想，我有祕密武器，就是愛神的箭。」維那思老師看看戴毅遠，又看看大強，「聽之前的李老師說你們愛吵架，要小心喔，我會用愛神的箭射你們。我第一箭就要射大強……」

「還有戴毅遠對吧？」聰明的戴毅遠自己先說了，「老師，打是情，罵是愛，我們兩個本來就是一對，呵呵呵……」

「我愛你們，你們遲早都會愛我，根本不必射箭。但是大強，我要把你和田徑場射在一起，讓你愛上運動，你這麼壯的身材，不練一練多可惜。」

「喔嗚——」大家發出驚呼，大強受寵若驚，他跑不快，從沒有人說過他能進田徑隊。戴毅遠又給他「吐嘈」：「大蟑螂挺著懷孕的圓肚子，很難練吧！」

「誰說要練跑步啊！你們看，這手臂粗得像蟒蛇，丟鉛球一定夠遠。將來你還可以練標槍、鐵餅、鏈球，在田徑場上大展威風喲！」

大強看著戴毅遠，得意的說：「敢笑我？我就練給你看！到時候拿獎牌，你可要給我磕頭！」

戴毅遠不甘示弱的說：「沒練成的話，換你給我磕頭。」

維那思老師知道激將法奏效了，走到大強身邊：「每個人都有適合的項目，只要給自己機會，每個人都能發掘自己獨特的天賦。你們知道嗎？老師還參加過奧林匹克運動會呢！我表演的是最早的韻律體操。」

大家開始在座位躲躲閃閃，動作十分反常。

郝奇斌問大強：「你剛剛為什麼躲到座位下？」

「我也覺得怪，好像看到標槍朝我飛過來。」大強緊張的說。

秋紅說：「我也看到鉛球從我頭上飛過。」

「噓——」班長妙麗要大家小聲，雖然鐵餅就從她耳垂邊擦過，還聽到嘶嘶的聲音。

「別驚慌，老師說故事很逼真的，對不對？」維那思老師笑著說，「這其實是因為你們自己運用了想像力，老師只是提供你們『正能量』，幫助你們。」

「正能量？那是什麼啊？好震撼啊！」可玲驚訝的問。

「那是光帶來的能量，就像你們抬頭看到金星Venus，會發出讚嘆。正能量最常見的現象就是稱讚別人、鼓舞自己、運用想像。每個人心中都有正能量，只是不知道如何運用。」

「我還是聽不太懂，我練田徑的時候，想像自己是一隻獵豹，算不算正能量？」妙麗問。

維那思老師點點頭。

這時大強揮動手臂、扭扭腰，看見自己把鉛球、鐵餅丟得好遠，他張大了嘴說：「哇！我也發現了正能量。喔！老師，妳愛神的箭好像射偏了，我沒有愛上戴毅遠，但是我好愛上妳的課。」大強調皮的笑著，其實他本來想說自己愛上老師了。

「老師上課好有趣唷！」可玲也贊成，「以前李老師要花好多時間管理秩序，班長還要登記吵鬧的同學。這節課老師都不必叫我們安靜，大家卻聽得目不轉睛。」

「巧克力的話真甜哪！」維那思老師笑了，全班響起熱烈掌聲。噹噹噹噹……下課了。

## 維那思老師聽到的冷笑話

大強可以變鑽石嗎？讓他在地心經過幾千度高溫，再用幾千噸岩石給他高壓，他就可以變鑽石了。

# 這算不算是霸凌？

## 先拆兩顆炸彈

維那思老師說，她上數學課的時候，喜歡舉同學的名字當例子，這樣就會產生身歷其境的效果。

「舉我，舉我！」大強興奮的自願被當成例題裡的主角。

「誰舉得動你？要說『選我』。大強，你愛吃什麼？」維那思老師問。

「好吃的冰！好吃的冰！」毅遠指著奇斌說。

「好，大強去秋紅家開的店買冰淇淋，」維那思老師開始敘述題目，「一球25元，大強付了錢之後，口袋裡剩下25元，請問大強原來有多少錢？大強先回答。」

「25元。」大強沒有經過計算，就說了出口。

「為什麼？」維那思老師走到大強面前問，大強臉上出現神祕的微笑，大家都跟著笑了。

秋紅說：「老師妳真厲害，連我家冰淇淋賣多少錢都知道。」

「別忘了，我有讀心術嘛！其實大強心裡有鬼，所以他故意這麼說，對吧？」維那思盯著大強的眼睛。

「妳說對了！」秋紅佩服的說，「大強吃冰淇淋都會拉著『最要好』的郝奇斌一起來，要他付錢，所以呢，大強口袋裡的錢都不會花掉。」

「喔——」維那思老師點點頭，繼續問，「那如果吃兩球呢？」

「還是剩25元。」大強心虛的說。

「你這小子，總共吃了奇斌幾球？」

「會還，會還。老師，你知道我數學不好，我算不出來啦！」大強求饒了。

維那思老師往大強肩膀用力一拍，說：「錢都還沒還，對不對？這可是霸凌喔！也可以說是恐嚇取財。別忘了，你們在想什麼我都知道。」

維那思老師想起李老師請假前說過：「看妳這麼溫柔和藹，真替妳擔心。這個班有兩個炸彈，一個是大強這顆大皮蛋，另一個是奇斌這顆定時炸彈，因為他總是被欺負，不知何時會爆出問題。拆掉這兩顆炸彈，全班的心就定了。」

下課前，維那思老師眼睛一眨，馬上對完了答案，「大強，你的數學習作裡錯很多喔！秋紅，妳當小老師教他好嗎？」

妙麗聽到，自告奮勇的說：「老師，我也要幫忙。」

老師看看大強，露出神祕的微笑，心想，只要黑貓女出馬，不怕大強不聽話。

大強一到下課就東張西望，很不專心，秋紅生氣了，就用力往他手上一捏，大強痛得哇哇叫，大喊：「秋紅霸凌我！」妙麗正好在旁邊，就對大強說：「你專心點嘛！不要連這麼簡單的題目都不會。」

大強覺得很沒面子，跑到維那思老師面前說：「她們集體霸凌我！」瞬間維那思老師覺得納悶，地球人不知道怎麼了，常常發生霸凌的事，教育單位一談到「霸」就好像見了老虎一樣，所以她決定參照地球人對霸凌的定義，來做個調查。

「這大強也未免太會唉唉叫了，他不霸凌別人就不錯了。」妙麗抗議。

維那思老師知道地球人的霸凌事件，常常大人都不知道，知道的人似乎不敢講，也覺得說了沒用，於是維那思默念：「勇敢的說，幫助同學成長。」將正能量射入秋紅心中。

「老師妳知道嗎？大強很愛吃冰，他都吃奇斌。」秋紅似乎會思考了，反過頭來告大強的狀，說他老是欺負奇斌，大強總是說他只是開開玩笑嘛！可是除了用尖酸刻薄的言詞取笑奇斌，大強會用各種方法讓奇斌出糗，例如：伸出腳來把他絆倒；趁他快坐下時將椅子抽走；在他的背後偷偷貼紙條寫上「傻瓜」，讓同學哈哈大笑；在他的餐盒裡放蟲，然後聽他尖叫；在他的椅子上塗立可白，讓他的屁股白一塊，因此被人取笑……

大強大聲爭辯：「可是他自己都在笑，還有周圍看的人也都在笑，只是開玩笑啦！」

妙麗搖搖頭說：「因為他是『好』先生，很容易原諒別人。」

秋紅接著說：「奇斌身材又圓又矮，大強都取笑他是『冬瓜冰』。」

大強又爭辯：「奇斌本來就圓圓的，他又不在意，而且還會笑嘻嘻的說：『我和哆啦A夢一樣圓，可以實現你所有的願望。』奇斌都拿自己的身材開玩笑了，那有什麼關係！」

秋紅不服氣的指著大強的臉：「當你的嘴巴已經出現鬍鬚時，還取笑他嘴上無毛、『辦事』不牢，讓『好』同學只能苦笑。而且有時候真的很過分，還拉他的褲子說要幫白肉雞檢查性別。」

戴毅遠聽到，也跑來加入發言：「因為奇斌是早產兒，所以個子比別人小，也常常生病。他不過是發育比別人慢，就拿『辦事』能力來開玩笑，我覺得這根本是『性霸凌』。這種黃色笑話，說的人覺得好笑，但可能已經傷到好人的心了。」

大強瞪著戴毅遠，低聲威脅：「你，最好小心點。」雖然毅遠很怕大強的拳頭，但還是不理他，因為剛剛維那思老師也把正能量射入他心中。戴毅遠想著，如果大強敢怎樣，他隨時會來老師這裡報告。

從頭到尾都沒說話的奇斌感激的看著大家，他領悟到平常對人好還真的很重要，因為大家都把他當「好同學」。大強的事被揭發了，只好乖乖道歉。但他還是不服氣秋紅和妙麗兩個人，一副成績好就瞧不起人的樣子。

發現一

霸凌不是隨口說的都算。那麼怎樣才算是霸凌呢？這得回歸到霸凌的定義：「霸凌是一種有意圖的攻擊性行為，通常會發生在力量不對稱的學生間。」妙麗說話的確會無意間傷人，秋紅也不該動手，但都還不到霸凌的程度。

發現二

「開開玩笑」到底算不算霸凌？在大強這樣不只一次的不當行為下，當然算。校園間的「霸凌」，最普遍被地球人認同的定義是挪威學者歐維斯（Dan Olweus）所說的：「一個學生長時間並重複的暴露於一個或多個學生主導的負面行為之下。」正向的玩笑會讓彼此都很開心，大強所謂的玩笑，對奇斌來說都是長時間且重複的「負面行為」。希望奇斌要將不喜歡的感覺勇敢說出來，並且立刻求助，大強才不會以為開玩笑沒關係。

## 發現三

願意自我調侃不算霸凌，自信不是來自於「沒有缺點」，而是因為了解自己的優點、接納自己的缺點。用幽默化解，往往是最輕鬆愉快的。世界上沒有人是完美的，能夠開朗的面對自己的缺點，不但不容易受傷，反而增加親和力。體態胖的人如果能將嘲笑轉為「鼓勵運動的提醒」，從此加強減肥的決心，那就是最好的結果了。

大強心不甘情不願的，總是精神不集中，習作上寫的數字像是蚯蚓一樣扭來扭去。

「老師，數學不好就該被同學嫌嗎？」大強咕噥著。維那思老師聽到了，於是眼睛一亮，一道光線射進大強的頭部，讓他來到虛擬實境中。

戴毅遠正當著大家的面說：「李老師偏心，什麼比賽都派妙麗參加，分數也都給妙麗比較高，為什麼老師心目中的好學生只有妙麗？」妙麗聽了正驚訝，秋紅也在一旁附和：「我總是考不到第一名，因為平常成績都沒妳高。」曹克禮說：「對嘛！所以妙麗總是一副很跩的樣子，這次分組的時候，要我們做這個、做那個，還以為自己是老師。」就連同組的奇斌也說妙麗用命令的口氣要他們做事。妙麗成績好，又當選模範生，在課堂上常常被老師稱讚，但是卻引來同學們吃味。

妙麗誠懇的說：「你們誤會了，我們這組進度慢，我當組長有責任提醒大家，可能我口氣不好，請你們原諒。比賽的機會大家都有，我下次會提醒老師，我已經參加很多比賽了。秋紅想參加的話，我會向老師推薦。」

戴毅遠笑了：「妙麗不愧是黑貓女，這麼快就『瞭』了。好啦！沒事，沒事。」

大強心裡想：「這黑貓女真不簡單，不知道她喜不喜歡我這一型的，雖然我的表現跟她差很多，但還是讓她留個好印象吧！」

正想著，虛擬實境轉換到一個小教室，桌椅多、位子擠，是一個安親班。

安親班老師凶惡的說：「我期中考前為每個人訂了一個標準，達不到的話，待會兒差五分打一下。」老師念了一群高分的，考不好的也總有七、八十分，大強正覺得奇怪，大家的分數都念過了，為什麼一直沒念秋紅的分數。

「林秋紅，五十分！」

秋紅在安親班的成績原本算是中等的，但大強不久前剛好有偷聽到秋紅和妙麗的對話，得知秋紅的媽媽最近和爸爸上法庭打離婚官司，心裡很不安，常常失眠。大強猜，秋紅這次考不及格，應該也是這個原因，不過安親班老師沒多關心，就要她念出自己的分數，然後叫全班用雙手比「讚！」，再轉指向地上說「遜斃了」！同學紛紛竊竊私語，笑著說常常被打的秋紅這次要被打趴了，甚至還有同學拿紙團丟她。

大強看了，忍不住牽起秋紅的手說：「走！不要待在這兒，再也不要上這種安親班了。」

忽然虛擬實境消失了，大強看到維那思老師神祕的微笑，低頭瞄秋紅的手，他臉上泛起一陣紅，傻傻的笑著。

大強一、二年級曾經和秋紅同班，他知道秋紅的媽媽是印尼來的新住民，所以剛上小學時，語言發展有點落後，注音符號需要上補救教學，那時班上同學給她取了個外號叫「紅印泥」，紅是「不及格」的意思。每次分組活動，沒有人要跟她一組，同學們常常說：「不要找紅印泥玩，她聽不懂規則，又愛哭。」但是，秋紅漸漸克服了語言的障礙，現在成績也跟上了，人緣也改善很多。其實，大強原本就很喜歡秋紅，而且，大強的家庭也發生過離婚事件，所以更加同情她。

維那思老師拍拍大強的胳膊，大強從虛擬實境的白日夢，回到了眼前的景況，睜大眼睛眨呀眨。維那思老師問：「大強，現在你知道……」

大強搶著說：「我知道了，我知道了。」

大強拿起習作開始寫，還有點害羞的說：「兩位美女，真是謝謝妳們喔！」

人在順境中難免變得高傲，應該學習更謙虛，當作一種自我成長，必須過這一關，才能成為更好的人。人的嫉妒心很可怕，出風頭的學生也容易成為被集體霸凌的對象。就曾有一所名校的資優生，因為常參賽得獎，當比賽資格影響升學時，有時連家長也加入集體霸凌的行列，最後造成那個學生自殺了。妙麗並沒有「長期暴露在負面行為下」，所以還不能稱為霸凌。妙麗能敏感的體察他人的感受，警覺到自己的語氣不妥，而且誠懇的願意改變，可見她具有懂得反思和改善的美好特質。

## 發現二

安親班老師要同學集體取笑某個同學，這已經是集體霸凌了。有些地球人真奇怪，不准學校老師體罰學生，卻花錢送到安親班請那裡的老師「給我好好打」。安親班打學生算「長期的負面行為」，媒體卻幾乎不報導。如果這種行為在公立學校發生，老師早就被指責有「引發集體霸凌」的行為而被記過，甚至停職了，可是在安親班發生卻可能被解釋為「幫助學生考高分」。這當然算霸凌，而且是被整個社會「分數掛帥」的功利觀念霸凌。

## 發現三

某些弱勢族群因家庭社經條件或學習能力落後，如果被群體長期施加負面的言行，當然算是霸凌。把某種身分當作貶損的理由，是一種歧視，也常構成霸凌，比如對身心障礙者、曾被家暴或性侵的保護個案等給予負面的標籤。他們的遭遇，往往不是自己願意的，但是從他們的境遇，也讓我們更珍惜自己所擁有的。

## 維那思老師的心理小測驗

設身處地想一想，當秋紅考試考不好，還被安親班老師要求當眾比出「向下」的手勢時，她是什麼心情？可複選。

(1)得到激勵，決定發憤用功，下次考得更好。

(2)承受多重的身心壓力，想要脫離環境，避免受苦。

(3)感謝老師，罵得好，打得對！

(4)覺得同學都好狠心，就像野狼露出尖牙、流著口水在看著受傷的獵物。

# 翻轉霸凌的逆向思考

## 霸凌終結者大俠

上課時，妙麗問：「老師，你怎麼做到的？竟然能讓大強乖乖的算數學了。」

「因為我給了他正能量啊！」

「哇！老師，你可以把正能量再說得清楚些嗎？」秋紅也很好奇。

維那思老師於是在課堂上教大家使用「逆向思考的正能量」，她說能幫助大家從困境中看到希望，從挫敗中振作。

「尤其在面對霸凌時，思考能產生不可思議的力量，就像打棒球時，投手投來的球雖然強勁，但只要使出巧力，就可以借力使力，做出更有力的回擊，打出精采的安打。」維那思老師比出一個揮棒的姿勢，大強立刻低下頭來，吃驚的說實在太逼真了，他差點被球打中。

上維那思老師的課，總是很快樂，覺得時間過得特別快，一晃眼，就到了打掃時間。

走廊上傳來一陣嬉鬧的聲音，原來是幾個同學在追打奇斌，連隔壁班的同學阿威都加入。奇斌圓嘟嘟的身材跑得比誰都慢，兩隻手無助的揮動阻擋，從走廊跑進教室，卻總是擋不住，四周的人都開心的笑著……

維那思老師使用讀心術，想知道霸凌事件的旁觀者是抱持什麼態度。她知道秋紅這麼想：「奇斌被那麼多人欺負，我雖然同情他，但我一個人哪能救得了？搞不好待會兒連我一起被『扁』了。」毅遠在一旁大笑著想：「我也來湊一角，真好玩，輕輕打一下就好。奇斌自己該反省，誰教他讓人看了就想打。」巧克力心裡想：「我趕快向老師報告，可是不能讓大家知道是我說的。」

這時候，維那思老師隔空射出正能量，妙麗大聲的說：「不要打他！你們這樣叫做集體霸凌。」她相信，只要有人願意說公道話，大家就會收斂點。

大強倒完垃圾回來看到了，竟然把隔壁班的阿威架開，說：「喂！我們班好吃的冰只有我可以吃，別班的滾開！」

維那思老師知道後，並不急著出現在現場，雖然她很想告訴奇斌，現實生活中，大雄可沒有哆啦A夢可以依靠啊，要靠自己才行。如果奇斌學過跆拳道、空手道等防身的方法，會讓自己更有自信，也不會看起來像個好吃的軟柿子，可惜都沒有。

維那思老師忽然有了一個有趣的念頭，她將星際大戰功夫的正能量施在奇斌身上，奇斌立刻用擒拿術擋開所有的手，再一個迴旋踢，掃出一陣旋風，吹得作業簿啪啪響，又連續三個後空翻，用漂亮的姿勢收招，嚇得大家瞪大眼全愣住了。奇斌也愣住了，沒想到自己竟然有這種潛能。等他氣比較不喘，心中浮起一

個念頭，他一定要去學跆拳道或空手道，成為一個功夫高手。

正義感十足的妙麗把這件事告訴隔壁班的老師，阿威就被叫去罰站了。阿威很生氣，故意走近妙麗，低聲的說：「聽說妳很白目」，還警告她如果想快樂上學就得「懂事點」。但妙麗決定讓同學們都知道這件事。

「阿威說我們的黑貓女很白目喔！」戴毅遠用他的大嗓門一宣傳，全班都知道了。阿威不想得罪全班，終於收斂了。由於得到大家的支持，妙麗還被封為「霸凌終結者大俠」。

維那思老師提供正能量，讓這次事件由學生靠自己解決後，她開心的對大家說：「霸凌者就像過街的老鼠，最怕的就是被大家發現，所以越多人知道越好。當大家同聲譴責，霸凌者就會逃之夭夭，像被拖鞋追打一樣，哈哈！」

「老師，你說被拖鞋追打，好像在說大強喔。」戴毅遠狡猾的笑著，大強已經翹起眉毛瞪他。

「我可沒這麼說，那是議員說的。」維那思老師笑了，她拍拍大強，「不過你別忘了，跟奇斌借的錢明天要帶來還，沒還清前不准再吃冰了。」

大強聽了，心虛的低下頭。

妙麗周末剪了頭髮，那天晚上，她穿上姐姐的韻律服，穿上褲襪，戴上髮帶，得意的當個小女人。她滿心歡喜的將自拍影片Po在網路上，卻被人留言：「好假，真噁心！」

這句話像一支箭，狠狠射中妙麗，言語傷人有時比皮肉傷更痛。她難過了好幾天，終於鼓起勇氣，回了對方：「你是不是那個欺負奇斌而受罰的人？別只會躲在暗處批評人，有本事秀出真實身分，要不然你才真的好假。」對方反而不敢再回應。

妙麗吐出憋了幾天的悶氣，想起維那思老師曾說過的「正能量」，就是要相信自己的正能量可以抵擋黑暗力量，練成心靈的內功，就不怕敵人使用「暗器」。就算受傷，也能夠很快復原，露出笑容。最重要的是「自己如何看待自己」，何必為了別人隨便的一句話而難過？

妙麗心想，雖然看似給自己找了麻煩，但換個角度想，自己卻收穫最多。

## 維那思老師的心電筆記

### 逆向思考一

研究顯示，看起來「好欺負」的人比較容易被霸凌，就像卡通《哆啦A夢》的大雄總是被胖虎霸凌，既然這樣，那就讓自己看起來不好欺負吧！這正是我訓練的正能量。目睹霸凌時，「巧克力」和妙麗的反應是正確的。像妙麗大聲說出來，是最有道德勇氣，也最能幫上忙，卻是一般人最不敢做的。逆向思考一下，正是因為大家都不敢，霸凌的行為才會得逞；相反的，若大家都敢說，霸凌就消失了。

## 逆向思考二

如果目睹霸凌卻沒有任何行動，也會給霸凌者一種錯誤的鼓勵，讓他覺得有觀眾在欣賞他的行為，或者認定「瞧！沒有人敢有意見吧！」就像卡通裡的胖虎欺負大雄時，小夫總是在旁邊笑，其實就算是霸凌的同謀了，但胖虎也常常連小夫一起教訓。所以遇到這種情況，應該離開現場，讓霸凌者沒有觀眾，也是一種幫忙，讓他覺得自己很殘忍，讓他覺得你不認同。

## 逆向思考三

大家要記得面對霸凌時的態度：

一、沉著冷靜。如果露出驚慌的神色，會讓霸凌者覺得得到「樂趣」，等於是一種鼓勵。

二、態度堅定。軟弱搖擺的態度，會給霸凌者機會，堅定拒絕才能讓霸凌者覺得無趣。

三、立即尋求協助。把握時效，當下處理。

## 逆向思考四

少男少女渴望被別人肯定，也特別在意別人的觀感，若能充分了解自己的優點，發自內心肯定自己，建立好心靈城牆，就能阻擋別人的言語傷害。

## 小肥豬進化成鋼鐵人

放學的路隊走到了校門口，身材圓嘟嘟的奇斌，因為動作遲鈍被隔壁班的阿威和阿協取笑是「宇宙笨肥豬」，奇斌現在缺乏正能量，聽了不敢回嘴，只敢偷偷的嘆息。

奇斌剛好遇到隔壁班老師，老師看他愁眉苦臉，一問才知道阿威、阿協又調皮了，就把他倆攔下來說了一頓。

走出學校，奇斌便被阿威和阿協堵住，阿威說：「你這『抓耙仔』，是欠教訓嗎？」說著便往他背上一捶，還威脅他，如果把事情說出去，就準備「被海K」，要給他「好看」。

奇斌回家看到媽媽，話到嘴邊又縮了回來。奇斌也曾跟父親說同學扭他脖子，父親卻笑他是個膽小鬼、娘娘腔，為什麼不敢扭回去？從此之後，奇斌就再也沒有向父親求助。

第二天，奇斌原本想再去找老師，卻擔心老師看不到時也沒辦法保護他。奇斌於是決定請大強喝點「冰涼的」，請求大強罩他。

沒想到下課時，大強撞了奇斌一下：「記得喔，一按一下筆，二吸一口氣，三敲一下桌子。」奇斌非常生氣，這傢伙怎麼會逼他作弊呢？不行，他得勇敢拒絕，於是搖搖頭。

「欠扁？」大強說：「上次你差點要被圍毆的時候，要不是我秀出肌肉救了你，你怎麼能活到現在？今天要是阿威、阿協又來找你怎麼辦？」說著，就往奇斌的頭狠狠的敲了一下。

上課時，老師看到奇斌頭上的腫包，悄悄問：「你帶家裡的小籠包來學校嗎？」奇斌聽得懂老師的暗語，回答：「不是，同學送的。」維那思老師感應到前因後果，私下對奇斌說，不要因為害怕，就接受小霸王的威脅，要不然後續

的痲煩會很多。其實霸凌者最怕的就是事件曝光，千萬別相信「如果說出去就給你好看」之類的話，奇斌如果勇敢說出來，就會換阿威、阿協、大強被爸爸「海K」了。要是告狀後反而被報復，只是因為狀告得太小啦！如果找老師還被報復，就找學務處；再被報復，就找校長幫忙，或者拜託警方介入，看看最後到底是誰「好看」。

法力高強的維那思老師只使了個眼色，說要通知大強、阿威、阿協三個人的家長，還沒有驚動到學務處，就讓他們嚇得緊張兮兮，事情也就解決了。

老師用水晶球搜尋，發現研究顯示，身材肥胖的人較易成為被霸凌的對象，身體結實健壯的人比較不會被霸凌。她知道只要給奇斌逆向思考正能量，讓奇斌將受到的威脅化作訓練體能的動力，例如學習跆拳道、空手道，就能強化自我的防衛能力，減少被欺負的機會，使小肥豬進化成鋼鐵人，自然也不用再靠大強來「保護」了。

「我現在不處罰你們。奇斌的健身教練不好當，就交給你們三個負責。下課時陪他打球、跑操場，要多鼓勵他，如果他說你們凶，或是沒耐性，我會找你們來好好檢討檢討。你們的目標是一個月內要幫奇斌體重下降三公斤！」維那思老師的命令，讓人肅然起敬。

不久後，三個教練教會奇斌打籃球，奇斌越來越愛運動，他們四個人變成好朋友了。奇斌的體重減了四公斤，感覺也長高些。奇斌真心的感謝，還帶媽媽做的檸檬汁給他們喝，三個教練因此覺得很自豪。為了鼓勵奇斌，他們都叫他「鋼鐵人」。

有一天打完球，從操場走回教室的路上，阿威說：「我們那時候說要給你好看，其實是『好看的漫畫』啦，今天經過我家，給你『好看』喔！」

## 逆向思考一

霸凌者其實不是強者，他們往往有著混亂的家庭和失敗的學業，人生也缺乏正向目標，他們裝出強悍的外表，只是想要掩飾內心的脆弱。如果被霸凌的人，露出害怕的表情，反而會讓他們更得意。要是奇斌把他們當空氣一般，若無其事，他們就沒轍了。被霸凌者常被威脅不准說，所以能說出來，也是一種勇氣；能夠恰當的求助，更是了不起。

## 逆向思考二

研究顯示，人際關係不好的人，因為容易落單，被霸凌的機會比較多；透過逆向思考的正能量，學習如何改善自己的人際關係，就可減少被霸凌的機會。所以如果平時會主動幫助他人、樂於與人分享，廣結好人緣，有一群好友相互支持，就不會有孤立無援的感覺。街頭有句黑話：「打不過，就加入。」有些人從霸凌受害者，轉變成霸凌加害者。但成為加害者，並不能擺脫噩夢，反而常常得擔心成為犯罪邊緣的小卒子。

## 逆向思考三

從霸凌者的角度分析：為什麼他們做了惡行之後，還要撂狠話，威脅對方不可把事說出去，否則就要報復呢？因為他們就怕被人告狀、舉發呀！研究顯示，遇事容易妥協、常想息事寧人的人，往往越會遭遇霸凌。所以，遇到霸凌時，勇敢說出來吧！

## 維那思老師的反霸凌超人絕招

地球人，記住唷！教你幾個絕招，保證會讓霸凌者有所顧忌，把你當成「超人」而不敢對你下手。

一、結交更多朋友。（產生超人氣）

二、把身體練強壯。（練出超人體格）

三、學習跆拳道等防身方法。（練會超人拳）

四、成為老師的小幫手。（得到超人的關心和保護）

許多人都有被霸凌的經驗，被霸凌後如果能夠克服，就會發現自己比想像中更強，更能勇敢爭取自己的尊嚴。只要善用正確的方法，還可以幫助其他有類似遭遇的人。

## 維那思老師傳回金星總部的動態調查報告

英國的查爾斯王子和愛德華王子在學校求學時，常常面臨挨揍的威脅，也真的被揍過。或許那些人想要將來能向人炫耀：「我曾經向王子單挑，英國國王被我『扁』過呢，很跩吧？」

然而王子的「逆向思考」卻可能是——我有能力靠自己對抗霸凌，沒有動用國家力量的保護，我不但是堅強的王子，更會成為賢能的國王。

法國人認為，拿破崙曾被三個人霸凌，可是卻勇敢反擊，所以後來成為法國的英雄。可是，英國人覺得，後來換拿破崙霸凌別人，還霸凌了好幾個國家，最後卻逃不了在滑鐵盧被英國人抓起來的命運。霸凌者和被霸凌者，最好還是好好處理心理創傷，以免引起戰爭。

臺灣的兒童福利聯盟文教基金會曾經在2011年發表臺灣校園霸凌現象調查報告，超過半數的孩子被霸凌時連父母、老師都不知道，可能是怕說出來後會遭到報復，也可能怕說了反而被罵，甚至被嘲笑。

有許多地球人相信面對霸凌唯一的辦法，就是用拳頭，用自己的或別人的都行。不是我愛說風涼話，用拳頭不是猜拳耶，把人打傷自己也會受傷，不是用嘴巴說說。所以，最好還是用「頭」想辦法吧！

知識補給站

## 什麼是「逆向思考」？

人類的思維具有方向性——正向與反向。

某些問題利用正向思維不易找到正確答案，倘若運用反向思維，常常會產生意想不到的功效。當試圖解決問題的過程遇到瓶頸，不妨轉換成另一種手段，或轉換思考角度來思考，或許就能順利解決問題了。

一般認為，正向思維是指沿著人們的習慣性思考路線去思考，而反向思維則是指背逆人們的習慣路線去思維。例如在《伊索寓言》中，烏鴉將石頭投入水瓶，因此喝到水的故事，正是運用了轉換型逆向思維法。烏鴉不能用一般的方式直接喝到水，但轉換為另一種方法，就成功的解決問題了。

逆向是與正向比較而來的，正向思維是指習慣的想法與做法，逆向思維則是傳統、慣例、常識的反思，往往能夠破除由經驗和習慣所造成的思考死角。

循規蹈矩的思維雖然比較不花腦筋，但容易流於刻板，擺脫不掉習慣的限制。其實，任何事物都具有多方面屬性。由於受過去經驗的影響，人們容易看到熟悉的一面，而限制了可能解決問題的思考潛力。逆向思維能克服這一障礙，往往有出人意表的效果，帶給人創意與希望。

# 打開心窗——用周哈里窗思考

維那思老師想要更了解大家，她說：「你曾經拿放大鏡看過自己的優點、缺點嗎？今天，讓我們打開心中的窗子，來做『周哈里窗』的開窗活動。」

「那是什麼窗，一種鋁門窗嗎？」秋紅問。

「我看是『眼睛脫窗』吧？」大強用怪腔怪調的臺語說。

維那思老師一邊在白板上畫一個大大的四方形，分成四等分，一邊解釋：「心理學中，有一個知名的『周哈里窗理論』，提出一個人的自我面向可以分為四種——公開的我（公開我）、盲目的我（盲目我）、隱藏的我（隱藏我），以及未知的我（未知我）。打開周哈里窗，就像讓我們內心深處的祕密房間照進陽光，不但可以更了解自己，也可以讓別人更了解我們，進而樂於和我們親近。」

| | |
|---|---|
| **公開我**<br>自己知道<br>他人知道 | **隱藏我**<br>自己知道<br>他人不知道 |
| **盲目我**<br>自己不知道<br>他人知道 | **未知我**<br>自己不知道<br>他人不知道 |

維那思老師說：「『開窗活動』進行時，大家要幫同學發現『盲目我』，也要說出自己的『隱藏我』，這樣能幫助自己開發潛力，也就是『未知我』的部分，讓大家感情更好。」

接著，維那思老師要大家做兩件事：一是在紙條上寫出「我知道，但某個同學可能不知道的優點或缺點」；二是寫「我隱藏在心中的祕密」。寫完後，大家一起來討論。

經過五分鐘的思考和下筆，奇斌看到大強寫出他的優點：不容易生氣。奇斌從來沒把這個當作自己的優點，甚至還覺得自己脾氣太好，才總是被欺負，也不敢生氣，所以他還把這個列為自己的缺點呢。奇斌心裡罵著：「大強這傢伙真可惡，根本是故意這樣寫的！」

維那思老師感應到了，於是解釋說，當別人說到自己的『盲目我』，可能會讓人覺得錯愕，為什麼自己從來沒有發現過這方面的特質，這正是周哈里窗的神奇之處。「不容易生氣」意味著「情緒控制良好」，奇斌忽略了這是難得的優點，現在開啟了「盲目我」，是件好事。奇斌聽了，又露出彌勒佛般的微笑。

「大強，你來說說看。」聽老師一說，大強一時僵住，說不出話。維那思老師對大強射出正能量：「互相信任，誠懇打開心中窗，耶！」

大強有點害羞的說：「你們看我又高又壯，其實，我很怕『小強』，也很怕鬼，因為白天調皮做了壞事，嗯……例如欺負奇斌之類的，晚上怕鬼來找我，所以常常做惡夢。」

奇斌很想笑，又不敢笑，憋得滿臉通紅，終於噗的一聲笑了出來。聽到大強這麼說，奇斌願意相信大強不是在嘲笑他了，的確，脾氣好也是一種難得的優點啊！不是每個人脾氣都那麼好的。奇斌得到了更多自信，而且對於大強也多了一分親切，少了一分怨恨。

維那思老師說：「大強願意袒露自己的『隱藏我』，希望改變大家對他粗魯勇猛的看法，這需要勇氣，能幫助他更開朗，得到更多友情。」

毅遠對大強比「讚！」，大強則舉起雙臂，比出一個超人的姿勢，逗得全班哈哈大笑。

因為怕別人笑，奇斌一直不敢讓大家知道，其實自己是個很膽小的人，不敢騎腳踏車，連小螞蟻都怕。該不該利用團體討論的機會讓大家知道呢？既然大強都這麼說了，於是奇斌吞吞吐吐的說著。毅遠聽了馬上大笑：「那很正常，我連滑板車都不會騎，而且很怕毛毛蟲呢！」

維那思老師說：「大強雖然個子高壯，外表強悍，其實內心有很脆弱的部分。毅遠也有怕的事物，也要努力突破。你們在我眼中都是鑽石，不是草莓族。」

奇斌害羞的說：「我發現，大家都有自己害怕的事，害怕並不可恥。我覺得更有自信了。」

奇斌寫了妙麗的優點是「有領導才能」，大強卻寫著「成績好就自以為了不起」。妙麗很開心的接受「有領導才能」這個優點，但是對於大強寫到的缺點，卻是第一次發現。她心裡很納悶：「真的嗎？這是真的嗎？我有那麼驕傲嗎？大強的成績不好，我是不是什麼時候說話刺激到他了？」這時妙麗忽然想起來，有一次考數學，大強說題目很難，妙麗卻笑著以為他在開玩笑，還說題目太簡單，搞不好大家都考一百分，沒想到那次大強卻考不及格。

發現一

探索「盲目我」可以讓人覺察自己，更有自信，開發自己的潛力。」這是奇斌的一個自我挑戰，勉勵自己成為一個EQ高、會溝通的「自信先生」，把缺點成功轉化成優點。然而不生氣如果變成「濫好人」，不敢拒絕、不敢堅持，那就不太好了。大強也許愛欺負人，但是情緒控制不良，愛用拳頭解決問題，奇斌身上恰巧有他缺乏的優點。

發現二

「周哈里窗」可以讓友情更堅固，幫助人際關係更圓融。

## 發現三

說出自己缺點有可能被人取笑，但也有可能別人早就知道，是自己不敢面對。打開心窗總有好處，讓自己的「隱藏我」接受陽光的洗禮，得到朋友的鼓勵，重新檢視，一定會有些許突破，相信奇斌會更有信心面對恐懼，開窗迎進陽光。

## 發現四

優點、缺點常常是一體兩面，就像月球有光明面，有黑暗面。妙麗一向成績優秀，考出高分就像在輕快的搖滾音樂下跳舞一樣輕鬆，但可能並不清楚成績不好的同學跟不上節拍，心中那種酸溜溜的感受。藉著周哈里窗，可以讓我們改善自己尚未覺察的「盲目我」。

毅遠寫著：「我覺得秋紅聰明伶俐，也樂於分享，雖然有點凶巴巴，但我知道那是因為她的爸媽前陣子離婚，使她心情不好所造成的。不過秋紅有一點要改，如果得罪了她，她就會想辦法偷偷報復，例如在背後說人壞話，這樣是不對的，她以為沒人曉得，但是到最後還是會被大家知道。」秋紅看了，覺得真想找個洞鑽下去，也決定要改變自己的壞毛病。

秋紅寫了毅遠的優點：「雖然毅遠有時候說話和做事的樣子有點怪，但很有自己獨特的想法，表現在畫畫上，就很有特殊的『型』。」毅遠看了，不自覺臉紅了，第一次被這樣稱讚，沒想到隨興的塗鴉都能被看成優點。他看著秋紅，覺得秋紅注視他的雙眼裡，好像有兩顆紅心。毅遠心中愛畫畫的幼苗，就這麼發芽了。

維那思老師說：「只要願意努力，一點小優點也可以發芽，在陽光照耀下發展成真正的大優點。」毅遠還不知道，老師從水晶球裡，看到他未來成為一個了不起的畫家呢！

奇斌、毅遠和秋紅在分組討論時分在同一組，毅遠總是搶著發言，打斷別人，還說：「你說的不夠好啦！聽我的就對了嘛！」毅遠一副很跩的樣子，如果不聽他的，還會很凶的罵人呢！可是奇斌和秋紅對自己的意見也覺得普普通通，沒有多好，只好繼續聽毅遠的。維那思老師對著水晶球施咒語：「自信，自信，大家的意見都是好意見。」秋紅說：「我的意見也不錯，請聽我說。」奇斌說：「我的想法也有優點，我也要表達。」

奇斌要上臺時，他卻直搖頭，全身發抖，想起幾年前有一次他上臺說三隻小豬的故事，結結巴巴的把「羊」說得像「野狼」，全班笑翻了，他卻嘟著嘴哭得像個幼稚園的娃娃。維那思老師施咒語：「勇敢、勇敢、對自己的恐懼說不！」奇斌握起拳頭，內心大喊：「不要緊張，我做得到！」這次上臺，果然比較不緊張了。

維那思老師說：「上臺說話是每個人都必須闖過的一關，剛開始說得不好也是正常的事，就像打籃球，哪有人一出生就是神射手？凡事總要經過練習，臺下的人笑，未必是在嘲笑，就像見到喜劇中的主角遇到小災難，大家很自然會發笑。我們可以發揮自信的正向思考：「喜劇演員往往是最有超人氣的呢！」

維那思老師見到今天活動的結果，滿意的笑了。藉著說出「隱藏我」、發現「盲目我」，就可以讓「公開我」的部分展現更多優點，減少缺點，就好像沐浴在溫暖的陽光裡一樣。維那思老師發現，今天大家的心都清爽又明亮。

然而下課之後，活動的影響持續發酵。妙麗收到一張卡片，上面寫著：「妳雖然練田徑晒得很黑，可是比那些白皙的女生健康多了。我喜歡健康的女生。請問妳喜歡哪種男生呢？」

戴毅遠也收到紙條：「我覺得你很有正義感、勇於表達，這是我身上所缺乏的。請問你，是不是喜歡笑容甜美的女孩？如果她為了想維繫友情，都說些甜甜的話，不敢得罪人，你覺得這樣好嗎？」

妙麗在地上撿到一張紙條，上面寫著：「蟑螂成長後會變成什麼？答案：超級大強。」她想，還是讓這個冷笑話變成永遠的「未知我」吧。

孩子們的周哈里窗，正透過筆記本、紙條、交換日記，熱絡的展開呢！

## 維那思老師的心電筆記

### 發現一

秋紅以為她的「隱藏我」沒有人知道，可是這其實是一種自欺欺人的心理。在開窗活動中，秋紅心中的陰暗面被陽光照亮，可以幫助她更坦誠。秋紅自以為的「隱藏我」，現在變成了「公開我」，是一種能幫助自我超越的正能量。

## 發現二

在開窗活動中，參與的動機很重要。秋紅喜歡毅遠，毅遠心裡有數，但卻有點怕她的個性，所以相處時總有點彆扭。

## 發現三

好的意見絕對不只一種，如果相信自己的意見好，為什麼不能也欣賞別人的意見？有自信的人會綜合大家的意見。在人際關係上，可分為四種模式：

一、你好、我也好。這是真正有自信的人。

二、你好、我不好。這是缺乏自信的人。

三、你不好、我好。這是自大、自我中心、具攻擊性的人。

四、你不好、我不好。這是否定一切、自暴自棄的人。

相信自己，也相信別人，才是最光明幸福的模式。人人都可以藉著多欣賞別人，多自我充實、自我肯定，來達到「你好、我也好」的模式。

有自信的人際關係，具有三種特質：

一、不侵犯別人，不勉強別人。

二、不自大驕傲，懂得聽別人的意見。

三、不委屈自己，尊重自己，也尊重別人。

## 維那思老師的讀心術觀察

維那思老師用讀心術，發現曹可玲設計的兩題酸甜苦辣選擇題，可以複選喔！

1. 你認為毅遠的個性是怎樣的？

（1）什麼都好，連缺點都很有型。

（2）少一根筋，有點怪怪的。
（3）很會畫畫，畫得精細準確。
（4）是一個很有天分又吸引人的小才子。

2. 關於大強的敘述何者正確？
（1）行為粗魯，外表強悍，但本性並不壞。
（2）雖然欺負奇斌，卻還是把他當好朋友。
（3）沒有心機，有可愛憨傻的一面。
（4）橫行霸道，脾氣火爆，不懂反省。

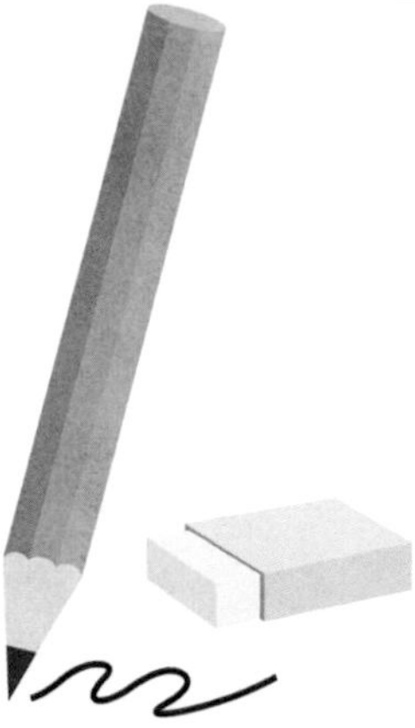

這個理論是由美國社會心理學家魯夫特（Joseph Luft）和英格漢（Harry Ingham）在1955年提出，由兩人名字的前兩個字母命名。周哈里窗理論在企業領域裡的組織動力學中產生很大的作用，它展示了自我認知和他人認知之間的差異，通過調整和改善自我與他人之間的互動關係，進而改善工作氣氛，提高工作效率。

一、迎入陽光：周哈里窗的目的是通過縮小自我認知的「盲目」和「隱藏」領域，擴大公開領域，消除因為認知差異帶來的誤會與衝突，幫助人們更坦誠相待。

二、明亮透明：通過他人直接表達對自我的盲點，更客觀了解自己，從而發展自我更多的美好特質。

三、良好互動：縮小私人領域，縮小自我盲點，擴大公眾領域，可以幫助自我與他人形成更好的交流環境。

# 說「不」怕失去朋友？

奇斌買了一枝很漂亮又好寫的筆，秋紅看了很喜歡，就對他說：「好同學，借我用一下好嗎？很快就還你。」

奇斌覺得很苦惱，秋紅每次借東西都拖了很久才還，有時甚至不還。但秋紅說：「我只借一下，別那麼小器嘛！我們不是好朋友嗎？你不借我，我就不跟你好了。」

奇斌非常掙扎，要不要繼續扮演他習慣的「好好先生」？

嗶——！這時候維那思老師的「讀心術雷達」響了，老師發現，有些地球人似乎不知道如何說「不」，原因可能是缺乏自信和勇氣。說「不」就像是踩煞車，如果不在適當的時間這麼做，可能會受傷。維那思老師用她眼中的水晶球觀察，想要幫助大家。

噹噹噹……上課鐘響了，奇斌並沒有把筆借給秋紅。

秋紅借不到筆，氣得不願意和奇斌說話。等下了課，秋紅跟曹可玲說：「巧克力，奇斌是小器鬼，我上次送他橡皮擦，他卻連筆都不肯借我看一下。」

可玲附和說：「我也不喜歡小器的人。」

秋紅和可玲的一些朋友，也跟著附和。

秋紅跟妙麗說：「奇斌是小器鬼，我常常幫他忙，他卻連筆都不肯借我，我們都不要跟他好，他才懂得感謝。」

但妙麗說：「我不認同這種做法，我還是要跟奇斌說話，妳不覺得他這樣會很可憐嗎？如果妳買了一樣新的東西，一定不希望自己還沒用到就被借走吧？」

「妳怎麼可憐起郝同學，卻不可憐我了？我不是妳的好朋友嗎？」秋紅越說越生氣，「我們到底是不是同一國的？在我們這國裡，好東西要互相分享，妳不怕我們姊妹國都不跟妳好了嗎？」

維那思老師全都感應到了，但不打算出現，她感應到戴毅遠有話想說，於是她對水晶球施咒語：「公道話，音量不怕大。」

大議員放聲說：「美好的友情，會只值一枝筆？可憐的郝同學會因為一枝筆不借就失去朋友？別傻了！如果是這樣，也未免太幼稚了。這分明是藉人際關係進行勒索嘛！利用人際關係想支配好同學，這簡直是『關係霸凌』嘛！」

郝奇斌聽到了，臉上堆著尷尬的笑：「好啦！大家別吵，筆借妳就是了。」

大議員拍拍郝奇斌：「好好先生，你怎麼像冰淇淋一樣好吃呢？如果委屈自己，都不敢說『不』，就像埋下怨恨的炸彈，總有一天等你受不了，炸彈爆炸，反而會把友情炸毀。你應該像我這樣大聲的說出自己的感受，說『秋紅，我就是不想甩妳，妳自己去買一枝一樣的筆吧！哼！』」

可玲看秋紅的眼眶已經紅了，趕緊說：「人家秋紅只是要郝奇斌分享，大議

員說得也沒錯，但是沒那麼嚴重啦，『關係霸凌』這四個字好嚇人喔。」

「還是巧克力說的話最甜，」大議員繃緊的臉恢復微笑，「我也不知道怎麼搞的，說話像機關槍，我平常沒那麼多話。」

上課前，戴毅遠寫了張紙條塞到妙麗手裡：「黑貓女，我好欣賞妳的做法，妳很有自信，沒有人可以勉強妳改變對朋友的看法，不會為了加入一個小圈圈，而做出違反自己意願的事。」

妙麗皺皺鼻子，瞧了戴毅遠一眼，心想：我有這麼好嗎？你這位大議員，未免太會藉機會打公關了。

上課鐘響時，維那思老師出現了，展現愉快的笑容，大家看到她也都笑了。

維那思老師喝了一口保養喉嚨的洋甘菊茶，她明白此刻不用說太多地球人的話。

維那思老師的心電筆記

根據研究，地球上的女學生有時為了克服孤單、害怕和尋求歸屬感，會結合幾個好朋友組成親密的小團體，她們有共同的協議，還會對付共同的敵人。但真正有自信的思維，是和每個人都可以做朋友，並擁有自己的情感和判斷，不必被鎖在狹窄的人際小圈圈裡。

這天晚上，大強約了戴毅遠、阿協、阿丁三個死黨逛夜市。大家正嘻嘻哈哈，大強拿出一包菸，每人分了一支。

毅遠曾經抽過一次菸，因為嗆得咳嗽，被大家取笑，讓他覺得很丟臉。這次，他不敢猶豫的接過了菸。

維那思老師感應到了，張開雙手對著水晶球念：「呼——勇氣，吹給你——」戴毅遠吸了一小口在嘴裡，馬上吐掉，就沒吸第二口了。

過了一會兒，大強發覺了，說：「你是把菸當仙女棒啊？」

毅遠把菸熄了，說：「謝謝，我不吸菸。」

大強說：「你不覺得你很遜、很菜、很可笑？要像我這樣吐菸圈，才有『型』。」

毅遠比了一個V字在下巴說：「『別人的眼光，是我的地獄。』當我不想吸菸時，有『型』的想法應該是：我不吸菸，是我的選擇。」

「哇塞！」大強伸伸舌頭：「你這小子還真有『型』，怪不得秋紅會喜歡你。你剛才說那個什麼眼光、什麼地獄的，好像偶像劇的對白唷！那句話什麼意思啊？」

「其實，我也不太清楚耶！我的頭腦裡，突然就出現了這句話，好像就是說，大強你這傢伙，像妖怪一樣，眼光很恐怖咧。」戴毅遠突然伸手搔大強的癢，兩個人扭在一起笑了起來。戴毅遠突然有點懷疑，今天怎麼自己和平常不太一樣。

夜市逛完，走到網咖前面，大強對戴毅遠說：「來吧！明天放假，哥兒們玩個遊戲再回家會睡得更好。」

兩個同學和大強就要走進網咖，戴毅遠看到牆上貼著：「未滿十五歲，晚上九點之後不能進入網咖，警政署關心您。」看看時間，就快九點了，這時候進去，根本玩不了多久。

「大強，改天吧！萬一警察來就慘了，夜路走多了，總會遇到鬼。」

「嘿，別當『遜咖』，警察才不會天天來咧，別那麼沒種！」大強堅持。

「喔！我肚子痛，回家拉肚去。」戴毅遠說著就先溜了，走到轉角，看到警車，他又轉回頭報信，阿協、阿丁也溜了，只剩大強不甘心的在門口晃，看了半天，也沒看到警察。

「這小子騙我？可惡！」大強生氣的抱拳，想著明天要怎麼找毅遠算帳。晃了幾分鐘，大強拿起電話撥號。

郝奇斌正在做數學練習題，突然接到大強的電話：「來唷！我在網咖下載了一種限制級的遊戲喔！有美女呢！不收你錢，幫我買罐啤酒來就好了。」郝奇斌聽了好心動，他真的很好奇、好想玩，可是又覺得不安，他不喜歡網咖的菸味，也擔心被警察臨檢，而且未滿十八歲，玩那種遊戲總覺得怪怪的，買酒更是違法。郝奇斌好掙扎，到底要不要去呢？

郝奇斌說：「可是我正在練習數學。」大強奸笑：「嘿嘿，你怎麼練也好不到那裡去的啦！快來，不然下次我不找你了。」郝奇斌怕一拒絕，以後大強就不把他當朋友了，被人欺負時也不會挺他，以後什麼事也不讓他加入，就會變得很「可愛」——可憐沒人愛。

維那思老師在水晶球裡見到，便施咒語：「自信加勇氣，有勇敢，拒絕去。」

於是，郝奇斌在電話裡說：「我最近數學有進步了，我想多練習。真的很謝謝你還會想到我。」

大強晃到時間過了九點，本來期待郝奇斌來幫他付錢，並請他吃冰淇淋，可是他發現，郝奇斌好像變得比較沒那麼「好吃」了。無論如何，想打電玩的衝動還是壓不下來，於是打算一個人進去，沒想到店員跟他要證件。大強嘻皮笑臉的說：「沒那麼嚴重吧？我以前來，你們沒跟我要證件哪！」

「以前是以前，現在法令改了。」店員搖搖頭說，「不久前，店裡才因為讓兩個沒帶證件的客人進來，結果被警察臨檢到，一罰就罰了三萬，做兩天生意的收入就沒了。而且我們已經連續被罰兩次了，再罰一次就會被吊銷執照，損失就大了。」

大強自討沒趣，只好甩甩頭離開，才走幾步，就發現警車從旁邊經過。大強嘆了口氣，既失望又慶幸，可是，當他回頭一看，警車呢？怎麼憑空消失了？見鬼了？自從維那思老師來了之後，好像怪事就特別多。

## 維那思老師的心電筆記

### 發現一

在別人的要脅下，勉強自己是很不自在的，有自信的人，會選擇自在的做自己。拿出自信，勇敢的說「不」，才能確保幸福。

## 發現二

我查到戴毅遠看到的網咖規定全文：未滿十五歲或在校學生，非例假日早上八點到下午五點及每天晚上九點到第二天的上午八點，不可以進入滯留；十五歲以上未滿十八歲者，每日晚間十點到第二天上午八點不得進入。違反規定負責人將罰二至十萬元。

## 發現三

英國有句諺語：「好奇心會殺死貓。」這個情況考驗郝奇斌的自制力，除了要對大強說「不」，還要對自己的貪玩和好奇說「不」。

## 發現四

人們都會追求歸屬感，那也是一種愛的感覺，但愛不是表面上的配合，要先懂得愛自己，尊重自己真實的感受，才能真正的愛別人。缺乏自信的人會擔心失去朋友，因此沒有辦法拒絕別人，最後就會苦了自己，感到內疚自責，其實自信才能幫自己贏得真正的友誼。想提高自信心，應該學會讚美別人，有自信的人必然是坦率和誠懇的。

## 維那思老師的絕招

可以增加人際自信的方法：

一、自在：不畏縮，不討好別人，自然坦率的展現自己。

二、微笑：保持好心情，周圍的人更樂於和你接近。

三、溝通：良性的互動，誠懇的談話，不怕和不熟的人建立關係。

四、好臉色：不把煩躁、生氣帶給四周。

五、讚美別人：發現別人的優點，盡量給予讚美。

# 維那思老師傳回
# 金星的「地球人網路討論區」

阿信：誰能告訴我怎樣可以從「滷豬腳」變成「主角」？

布克：我教你，多看書會讓聊天比較有內容。

阿信：對不起，我看書會頭痛。

無所畏：那就吸菸，菸一點就有得聊。

肌兄肉：別聽他的，來和我一起練肌肉，愛運動的人最開朗。

阿信：別嚇我，人家是女生哪！

熱舞女王：那就來練舞，面帶微笑，體態優雅。

阿信：嗚——我看起來會像腳疼的小象散步，咚咚咚！

拔河隊長：至少妳可以說自己是「小象腳」，不是「滷豬腳」。歡迎加入我們拔河隊，不達目的不放棄，有一天就能成為「女主角」。

# 勇敢的說「不！」——後果思考法

這天一早，大強依照前一天與維那思老師的約定，來到運動場。見到大強的身影，維那思老師用她的心音呼叫：「邱比特，邱比特，聽到請回答。」

「收到，維納斯媽咪，請問有任務交代嗎？」耳環傳來邱比特的聲音。

「現在來地球，幫媽咪射愛神的箭。」

「是！馬上來。」邱比特拍動他的星際翅膀，穿越時空立刻來到地球，跑道邊出現一道金色陽光，接著一道閃光穿過大強。

維那思老師微笑著想見到「愛神的箭」的功效，卻看到大強開始跑操場，去和隔壁班的阿威搭訕，兩個人有說有笑，竟然也不過來說聲「老師早」，好像沒看到自己似的。

「這調皮的邱比特一定又把箭射錯了！嘿，沒關係，將錯就錯，看看他們兩個在做什麼？」維那思老師用水晶球隱形眼鏡一看，阿威身形壯碩，是稻田國小的小惡霸，因為違規被罰跑操場。糟了，大強愛上他了，覺得阿威吸菸的姿勢很成熟，嚼檳榔罵髒話的樣子很跩，就連少扣兩顆鈕扣的樣子也很帥。

維那思老師發現，地球的少年為了一時的快樂，常常沒有考慮後果，只為了一時逞能，怕被當成膽小鬼，就不顧一切的豁出去了。所以今天維那思老師要展現「後果思考法」的正能量。

他們兩人正聊起上週認識阿龍的事。週末時，阿威打電話給大強：「好無聊喔，我們去歡樂城怎麼樣？上次我贏了幾百元，今天再來試試手氣。」大強說：「我年紀不到，不能進去。」阿威笑著說：「哈！膽小鬼！」大強被這話一激，摸摸口袋裡的零用錢，就決定去歡樂城瞧瞧。

大強和阿威投了錢，才剛開始玩，櫃臺夥計卻趕過來說，他們從監視器發現警察要來臨檢了，大強和阿威都未滿十八歲，萬一被警察查出，一定會被帶回警局，並且通知家長到警察局。大強和阿威都很捨不得那些錢，這時候，有個自稱阿龍的人過來說，那檯子讓他玩，要他們在外面等，等一下把錢還他們。

大強和阿威趕緊從後門溜出來，他們半信半疑的等著，沒多久，阿龍真的來了，把錢還給他們，還說他贏了一點，所以分紅，送給他們一點零錢。

「喔——有這種好事？」維那思老師看著大強，眼睛一亮，把虛擬實境射進大強的腦海中，以高科技模擬未來會發生的情況，讓大強好好做一次白日夢……

阿龍對大強和阿威很好，不但邀他們去網咖，請喝飲料，請他們吸菸。大強很開心的接受了，吸了一口菸，覺得味道怪怪的，有一種化學味，很嗆，忍不住猛咳。阿龍見了笑著說：「吸菸也會嗆，真沒用！」大強為了逞能，馬上又吸了一大口。

有一天，大強蹺課來到一座廟前，阿龍赤裸上身從廟裡走出來，肩上背上滿是刺青，大強一時愣住，說不出話。阿龍粗聲的說：「怎樣？看到我身上刺的龍，就嚇到了嗎？」大強趕緊恭敬的說：「大ㄟ，你好。」阿龍拍拍大強的肩膀說：「學校的考試不要管它了啦！在外面混，誰管你成績好不好？快樂就好。賺錢根本不用靠讀書，只要敢拚，只要你有膽子，馬上有錢賺！」

阿龍要大強去拿八家將的武器，好好練習。大強在班上的成績越來越差，而且常常不交作業。當老師罰他重一點，第二天他就不來了，老師去家裡找他，有時還找不到人，得配合少年隊的警員去廟裡找。老師為了讓他願意來學校，只好少管他，還得想各種辦法鼓勵他，但大強還是愛來不來的。對常常被罵的學生來說，有阿龍大哥撐腰，不必去學校，真是天大的誘惑啊！

大強常去網咖，菸味一樣飄著，有一天，大強突然覺得尿急，他急急忙忙跑到廁所，拉下褲子拉鍊，才發現已經尿褲子了。他喘口氣，低聲說：「好險，好險，只溼一點。」

「哈，我的沒溼。」阿威說。

奇怪的是，旁邊的阿威，內褲怎麼像外套一樣厚？再低頭仔細看，那不是內褲，而是尿布，怪不得褲子沒溼。怪了，那麼大的人竟然穿尿布？好可笑呀！

兩個難兄難弟互相取笑，一個說「石門水庫亂洩洪」，另一個說「你的水庫報廢了」，兩人在廁所裡笑鬧了好一陣。

有一天，阿龍對大強說：「小子，我觀察你很久了。你身強體壯，膽子也大，又愛玩。來加入我們最適合了。今天晚上，我阿龍老大請你去夜店喝啤酒，跳舞狂歡，參加Party到天亮。」

大強跟著阿龍老大，有吃有喝好開心啊！沒想到不久後，大強發現自己頻尿和漏尿的問題越來越嚴重，甚至常被旁邊的人嫌身上有尿騷味。迫不得已，他只好悄悄的去買尿布，也開始包起尿布了。原來阿龍請的菸，就是所謂的K他命。當初他只覺得這個菸特別提神，雖然有股怪怪的塑膠味，但他拒絕不了，就試了幾次，沒想到不知不覺的上癮，也把他的膀胱K壞了。大強雖然想逃避，但跟著阿龍泡夜店、聽音樂、喝酒、抽菸，日子過得好逍遙，讓他完全不想回到現實生活。

不過，這一切都不可能免費的呀！大強為了吸菸，成為阿龍的小嘍嘍。有一天，他幫阿龍老大送菸給天霸。阿龍告訴他這只是一般走私的菸，卻不知道菸裡面摻了什麼。當他接近約定地點時，並沒有見到天霸，卻有兩個便衣刑警扭住了他的手，銬上手銬，把他帶回警局。他被起訴的罪名是販毒，送少年法院審理，當法官判決要進少年看守所時，大強禁不住大哭：「媽媽，救我啊！」

維那思老師念咒語：「正能量，正能量，勇氣功率調到無窮大。」

虛擬實境倒帶，回到一開始阿龍請大強吸菸的場景。大強大聲的說：「不要！這個是K菸，我不吸，你也不應該吸！『吸K一時，尿布一生』，再吸下去就要一輩子包尿布了！難道你不怕嗎？身上刺再厲害的龍，卻要整天包尿布，又有什麼了不起？」

阿龍被大強這句話嚇了一跳，沒想到他這麼勇敢，就低聲說：「你說得對。」阿龍轉頭對嘍嘍們曉以大義：「你們不要以為拉K很酷，到時候拚命跑廁所就知道艱苦了。」大家聽了，都用力點點頭。

大強笑得好燦爛，沒想到自己敢這樣挑戰一個老大，好像漫畫裡不知死活卻能戰勝惡勢力的小子。

但是維那思老師知道，這是虛擬實境啦！其實大強也希望自己是個勇敢的人，不過在真實世界裡，大強會假吸一口，然後溜掉，而且好一陣子不敢去網咖了。

## 發現一

網咖是一個龍蛇雜處、各路人馬聚集的地方，什麼事都有可能發生。搜尋地球檔案，發現曾有網咖透過冷氣孔放出安非他命蒸氣，害人不知不覺上癮的案例；也有在菸裡摻K他命，害人上癮的例子。其實，只要聞到怪怪的菸味，就是危險訊號，應該要勇敢的說「不」！還有一個脫身的辦法，就是先假裝吸一口，趕快吐掉，然後找理由離開現場。

## 發現二

K毒上癮會造成膀胱萎縮，有些上癮的地球人，膀胱容量從300C.C.變成只剩35C.C.，膀胱儲不了尿，就老是跑廁所，一來不及就會尿褲子，最後只好包尿布。

膀胱萎縮也會引發膀胱炎、尿道炎、腎臟發炎，嚴重時要洗腎。而且這種傷害很難復原，治療過程還得灌水脹大膀胱，非常艱苦。所以千萬不要因一時好奇，或禁不起誘惑，而吸食毒品，結果把自己的人生都K掉了。

大強從白日夢中醒來，「愛神的箭」時效已過，他看到維那思老師，笑嘻嘻的跑來打招呼。

「嚴教練，這是我們班的李自強，你看他是不是適合練鉛球啊？」維那思老師介紹大強，大強卻害羞得不好意思抬頭看教練。

「身高夠，體型還可以，虛胖了點，肚子有點大……」嚴教練上下打量著大強，大強覺得他好像在打量一隻待宰的豬。

「怎麼樣？能練嗎？」維那思老師問。

「當然啦！身高夠，肩膀厚，可惜太多肥肉。不過讓我訓練一個月，保證能脫胎換骨。」嚴教練拍大強的背：「每天早上七點十五分到，我來之前先跑操場五圈熱身，再做一百個伏地挺身……」

這嚴格的訓練嚇到大強了，他躲到維那思老師背後，想找藉口不練，他低聲說：「老師，可是我還要抄聯絡簿和訂正作業……」

「你就利用下課時間吧，習作不會的，我請秋紅教你。」維那思老師口氣輕鬆的說。

「天啊！那我不就沒辦法下課了嗎？可以不要練嗎？」大強哭喪著臉，想要打退堂鼓了。

維那思老師提醒他：「別忘了你和戴毅遠打過賭，沒練成要跟他磕頭呢！」

「不管啦，耍賴不就得了。」大強扭著身體，他那超齡的外表卻做出像幼稚園小朋友的動作。

「邱比特，邱比特，聽到請來媽咪這兒補射一箭，再射錯可要打屁股了喔！」維那思老師默念著。

金色的陽光照著大強，也照著教練，大強忽然握起拳頭說：「嚴教練，你是我的偶像，我要像你一樣強壯，肌肉像石頭，體型像黑金剛。教練，你好酷啊！簡直是鋼鐵人。」

嚴教練也開心的說：「你是我見過最有潛力的選手，有熱情，有天分，我一定會幫助你成為運動健將。」

他們兩個抱在一起，像是失散已久的父子。維那思老師看了，感動得都快掉下淚來了，只是有點擔心，不知待會兒愛神的箭效力一過，大強還能堅持下去嗎？

## 維那思老師的心電筆記

### 發現一

凡事想清楚後果，就能做出更好的決定。

### 發現二

希望大強明白，在學校受教育是幫助你學習判斷是非善惡，對你的前途是一種「保護」，保護你不被幫派牽著走，保護你不去吸毒、不去犯罪，保護你不必去街頭火拚。別忘了，受教育是你的權利啊！任何引誘你離開學校的誘惑，都要勇敢的說「不」！

## 維那思老師的讀心術觀察

被愛神射了一箭，仰慕大強的神祕人說：

我發現大強經歷虛擬實境的「後果思考法」訓練後，現在正努力突破數學的障礙，而且打算天天將功課交齊，保持微笑改善人緣。親愛的大強，別忘了，真正的快樂來自於突破困境，所以，再缺錢也要還我錢唷！

老師想對大強說：

凡事都先想到後果再行動，這就是一種成長。阿龍為了壯大自己的幫派，所以用一些「甜頭」來吸收小弟，你如果被他利用了，只會白白犧牲。大強啊！回頭不晚，何況這只是虛擬實境，相信你一定會有所領悟。貪圖越多的免費享受，將來越要付出高昂的代價。千萬不要為了一時快樂，害自己將來被逼著做危險的事喔！

# 未來同學會——六項思考帽

一上課，毅遠問：「維那思老師，妳好像真的不是普通人，請問能不能算出我的未來？我好想知道自己將來能不能成為政治人物。」

「喔？你把我當算命的呀？未來可以預測，可是沒辦法像算命的鐵口直斷。」維那思老師笑著說，「想知道未來是嗎？由你們自己預測最準。」

「我猜戴毅遠如果選議員，會成為老師說的那個蘇格什麼的。」

「你是說蘇格拉底？」巧克力說。

「差不多，可是戴毅遠是『輸個到底』，哈哈哈……」大強笑得好大聲。

「去你的！」毅遠抗議，「你上次寫作文〈我的志願〉才好笑呢！說要當車人，老師問你什麼是車人，才知道你把『軍』寫成『車』了，哈哈……笑死我了！」

「你們兩個，再來握手吧？」維那思老師說。

「不，我不吵了，議員遇到兵，有理說不清。」戴毅遠乖乖投降，大強也安靜的傻笑。

「既然大家很關心未來，那我們就來舉辦一個『未來同學會』吧！」維那思老師要每個人想著自己在二十年後來參加同學會，大家的發展都不一樣。發展沒有二分法的好和壞，大家要學著用六頂思考帽來思考，幫助自己釐清思路。說著，維那思老師拿起彩色粉筆，咻咻咻，大家還沒看清楚怎麼畫的，就畫好了一張圖。然後她解釋說，思考帽的各種顏色代表不同意義：紅色代表「情感」；黃色代表「往好的方向想」；白色代表「客觀」，要根據事實不能亂講；綠色代表「創意與想像」；藍色代表「冷靜、不帶情感的分析」；黑色代表「道德觀念」。

維那思老師說：「我們來作故事接龍吧，毅遠先開始。」

毅遠說：「我走進同學會的會場，開心的見到二十年前的同學們，各自有了不同的工作。一年級曾和自己打過架的黑貓女，畢業時領到了『體育獎』，現在是大吊車公司的老闆兼駕駛，留著一頭像男生的短髮，看起來就是個女中英豪。」

「幹麼說妙麗？」大強吃醋的說。

維那思老師眼睛一亮，用正能量提升大家的想像力，於是虛擬實境出現眼前，大家看見黑貓女高䠷的身材，手臂和雙腿有著健美的弧線，眼前所見都像真的一樣，讓毅遠頑皮的問：「妳結婚了嗎？」而妙麗則覺得好氣又好笑。

維那思老師心裡有數，這真是李老師說的「假性早熟」啊！「藍帽不能帶著情感喔，是分析全局的控制帽，思考帽活動都是從冷靜的藍帽開始，然後由藍帽結束，我們來思考有關的這個故事。」

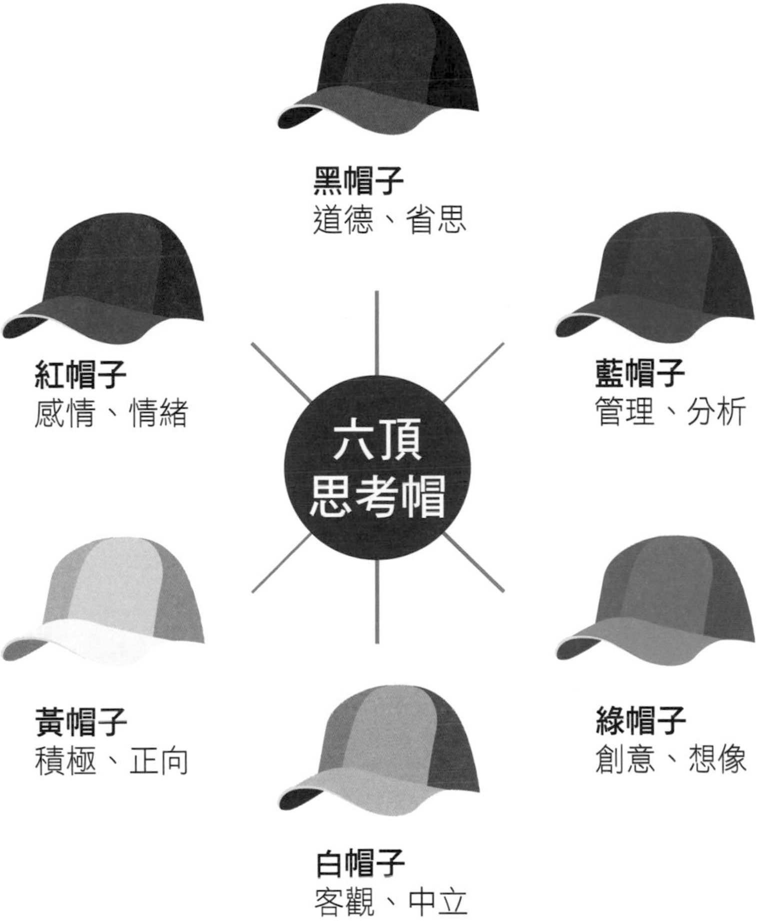
六頂思考帽
黑帽子
道德、省思
紅帽子
感情、情緒
藍帽子
管理、分析
黃帽子
積極、正向
綠帽子
創意、想像
白帽子
客觀、中立

維那思老師保持冷靜，沒笑出來，「我戴上藍色思考帽，我說，妙麗能夠經營大吊車公司，可見她很有自信，能夠突破傳統性別角色。可是，她的志願真的是這樣嗎？」

妙麗說：「嗯……當然不是啦，毅遠，你還真肯定我呢！真可惜，我的志願是當外科醫生。我現在要戴上黃色思考帽，醫生真是個好工作，要是你出了意外要動手術，我的醫術絕對沒問題，包你活得了命。我知道你不好意思說，我幫你說，我現在看到，毅遠選上了議員，穿著服務處的背心來到現場喔！」

「哇嗚！大議員耶！」大家用敬佩的眼神看著戴毅遠，讓他有點不好意思，低頭笑著說：「其實，我的志願不是想當議員啦！」

大強逮到機會說：「少來，我要戴上黑色思考帽告訴你，想當議員說話就要誠實，不要口是心非，想就是想嘛！」

「真的不是啦！」戴毅遠心虛的看看大家，然後小聲說，「我的志願，是當總統。」

「哇——」大家都被他嚇到了，臉上全露出不敢置信的表情，看見Kuso搞笑版的總統在安全人員保護下走進會場，當總統的竟然會調皮的做鬼臉，根本一點都不像。

「我戴上白色思考帽告訴你，那是不太可能的，因為臺灣有兩千多萬人，你選上的機會只有兩千萬分之一，哈哈……」可玲強忍笑出的眼淚說，「不過當你落選，心情不好、生病的時候，請到醫院來找我，我是巧克力護理長。我這個護理長可是很忙的，你如果太激動給送來急診室，我一定會親自好好幫你打一針！」

大家笑翻了，笑聲持續好幾分鐘。

秋紅說：「我要戴上紅色思考帽，我好喜歡各位同學，大家一定要來我開的秋紅大飯店，今天的會場就是飯店的宴會廳。」

「秋紅飯店外有恐怖分子，看我海豹部隊戰士的厲害！」大強舉高手臂說：「我要戴上黑色思考帽，維護世界的正義與和平。」

大家看到大強穿著兩棲特種部隊的衣服，戴著頭盔，配上防彈衣和衝鋒槍，來到華麗的宴會廳，都嚇得傻眼了。

「大強冷靜啊！你才比較像恐怖分子吧，是不是線上遊戲玩多了？」維那思老師說，「換奇斌了，他從頭到尾都還沒說話。」

「我要戴上綠色思考帽，」奇斌說，「我是一個漫畫家，我畫了一個故事，主角叫做阿倫。」

奇斌娓娓道來，在家中是獨子的阿倫，媽媽生了三個姊姊才生下他，因此背負著生下一個孫子的責任。現在阿倫竟然戴耳環、留長髮，想成為髮型設計師，這件事把爸爸「氣到爆」了。

維那思老師聽出其中的祕密，恐怕不方便讓大家知道，便要奇斌下課後到輔導室來，再繼續慢慢說。最後她用藍色思考帽做結論：「這可不是白日夢，大家的志願都值得努力，你們都是我眼中的鑽石啊！」

## 維那思老師的心電筆記

「六頂思考帽」就像魔術方塊的六個不同的面，可以時時調整出立體的思考，超越直線與平面。它能提供思考者撇開偏見，得到更寬廣的觀點，避免過度注意某個觀點，有助於突破單一的思考，增加創意，擴大視野，所以特別推薦給地球的學生。六頂帽子代表的六種思考方式，大致說明如下：

一、白色思考帽：資訊帽，中立而客觀，代表客觀的事實與數據。必須設法深入的挖掘事實，也必須將他人的意見考慮進來。

二、紅色思考帽：情感帽，暗示著憤怒與情感。紅色思考帽代表情緒上的感覺、直覺和預感。當戴上紅色思考帽，代表允許表達自己的喜好與感覺。

三、黑色思考帽：謹慎帽，也就是思考道德顧慮，它有什麼問題？缺點是什麼？是否潛藏危機？為什麼不能做？考慮事物的負面因素和執行時的風險。

四、黃色思考帽：樂觀帽，代表樂觀、希望與正向思考。當戴上黃色思考帽，代表專注於考慮事情的正面，也包含了挖掘潛藏的優點。

五、綠色思考帽：創意帽，代表創造性的想法，包含新奇、創意以及藝術靈感，發掘突破性的觀念，產生創新的解決辦法。

六、藍色思考帽：指揮帽，代表思考過程的控制，是一頂主持帽，掌握各種顏色思維的帽子，也稱為帽子的帽子。使用各種帽子時，必須以藍帽為開始，藍帽為結束。

## 知識補給站

### 誰發明了六頂思考帽？

這種思考方法是由愛德華・德・波諾在《六頂思考帽》（Six Thinking Hats）一書中提出的，是一種適合個體思考，也能配合群體討論的思考方法。在學校常被用來當作寫議論文或研究論文的解題策略，在企業中也常在會議時作為提高討論效能、激發建設性提案的好方法。

愛德華・德・波諾是法國心理學家，牛津大學心理學學士，劍橋大學醫學博士，歐洲創新協會將他列為歷史上對人類貢獻最大的二百五十人之一。他在1960年代末期提出「水平思考」方式，改變了日常人們採用「垂直思考」方式容易出現的問題。他主張人光靠智力不夠，還要具備思考力，他推動思考訓練課程，提出許多有利的工具來改變人們的思考方式，因而成了思考大師。

未來的大圓圈

奇斌到了輔導室，把他的故事繼續往下說：阿倫和隔壁班綽號「犀牛」的青哥，成了一對。阿倫說他因為動作陰柔而被霸凌時，都是青哥在支持他，後來阿倫心中祕密實在憋得難受，忍不住向青哥吐露，才發現原來青哥也是「同志」。

「你知道什麼是『同志』嗎？」維那思老師問。

「其實我也不太清楚，我不知道該怎麼辦……」奇斌的聲音像是在哭，「有時候我覺得自己不太像男生，這到底要不要看醫生？」

「我了解那種感覺，你害怕該怎麼看待你自己，也怕別人知道。」維那思老師安慰奇斌，「如果不是典型的男性或女性傾向，最好的辦法不是看醫生矯正。」

「為什麼？」

「因為這不是病，也沒有對或錯，而是要以健康開朗的態度接受。同志不是躲在陰暗角落的怪物，每個人都有自由與尊嚴。」維那思老師說，「你虛構的阿倫，其實是你自己吧？」

奇斌點點頭。

「那青哥呢？」

奇斌閉口不說，維那思老師卻也猜得出來。

「別人欺負我的時候，他會保護我，而且他不准別人叫我娘娘腔。我生病的時候，他會關心我，雖然他常常要我請客，可是那也是我願意的，因為我要謝謝他。」

維那思老師問：「你為什麼把他想像成和阿倫是一對呢？」

「雖然他會捉弄我，我感覺他對我的關心超過一般人。可是，他的外型很強壯，而且喜歡班上的女生。」奇斌說。

維那思老師說：「性別傾向未必與外表強不強壯有關，而且有人是同時喜歡男生也喜歡女生的。性別傾向往往在三歲前就已經定型，如果生理的構造和性別傾向不同，既無法改變，也不必治療。可是，要長期觀察才能確定。對方對你好，不代表他的性別認同和你一樣。」

「其實我也不清楚，很多事都不清楚，只能想像。上帝為什麼要開那麼大的玩笑？」奇斌低頭說，「我心裡好慌。」

「人好比較重要，每個人都要先成為好人，學會溫暖與關懷，再冷靜的面對不同性別。同志和一般人一樣，都有感情的需求，你故事裡的阿倫和青哥，願意忠誠的陪伴對方，是難得的好因緣。」

「老師，你知道什麼是『出櫃』嗎？」

「那是指公開承認自己的性傾向。」維那思老師說，「奇斌，這不能急，其實很多人都曾對自己的性別傾向煩惱過，多數個案連自己也搞不清楚自己是男是女，是同性戀或異性戀。現在心理學和醫學比過去進步，有心理量表可以提供客觀的參考，最好在探索清楚之後，做好心理建設，再把祕密公開，否則過早公布自己的性傾向，是容易受傷的。一味的躲避不去面對，也不是好辦法。」

「那我到底算不算是『圈內人』？」奇斌煩惱的問。

維那思老師說：「何必把自己限制在圈圈裡呢？若能破除性別偏見，將更能自在的做自己。或許『圈外人』很難真正了解『圈內人』，但最應該落實的是對人的尊重，而不是把圈圈越弄越小。」

「老師，我真的能成為髮型設計師嗎？」

「當然囉！奇斌，你是未來的鑽石，只是需要磨一磨。」維那思老師肯定的說，「不管性別角色，真正有興趣的事，就要積極去做，不應該畫地自限。」

奇斌紅著眼眶說：「希望有一天，世界再也沒有什麼小圈圈了。」

維那思老師握著奇斌的手說：「大家手拉手，成為一個大圓吧！」

白帽思維：生物學家和人類行為專家金賽博士提出，人類性傾向並非只有同性戀和異性戀的二分法。為了能更準確的反映人類性傾向，金賽博士設計了一套性傾向量表（Kinsey Scale），把人類性取向劃分為七個等級，由完全的異性戀取向（分值為0）過渡至完全的同性戀取向（分值為6）。

黑帽思維：因為性別認同產生的言語或行為暴力，都是性霸凌。塞滿一群男人的地方像是「叢林」，這「叢林」常常是軍隊或學校，是最容易發生性霸凌的地方，想生存得先弄清楚叢林法則。

白帽思維：根據《性別平等教育法》第二條，性霸凌的定義是：「透過語言、肢體或其他暴力，對於他人的性別特徵、性別特質、性傾向或性別認同，進行貶抑、攻擊或威脅的行為，且非屬性騷擾者。」所謂霸凌包含言語、關係或肢體的霸凌方式。

紅帽思維：我從地球檔案中查到一件令人悲傷的事，有個外型陰柔的國中三年級男孩葉永鋕，曾在上廁所的時候被男同學「性霸凌」，讓他常常不敢上廁所。有一天，他在下課前五分鐘，向老師說要去上廁所，後來卻被發現倒臥在血泊中，送往醫院時已經回天乏術。

黃帽思維：國際知名的服裝設計師吳季剛在臺灣念小學時，也像葉永鋕一樣被同學排擠，父母多次幫他轉學，狀況都沒有改善，把他送出國念書後，終於讓他擁有一片自在飛翔的天空。

白帽思維：青哥可能是同志嗎？人們的印象中，以為同志應該是瘦瘦弱弱，或是很陰柔的，然而根據研究，性別認同或性傾向與先天遺傳和家庭氣氛有關，與外型或體格均無直接關係。

綠帽思維：不同性別傾向的人，有不同的感性和思維，對社會整體發展是正面加分的。尤其很多同志的藝術能力很強，往往成為優秀的藝術家。

藍帽思維作結論：性別觀念也是一種習慣，配合時代與環境，隨時可以往正向積極的方向調整。

## 宙思與維那思的Q&A

宙思收到維那思老師傳回金星總部的動態調查報告後，與維那思老師進行了通訊：「感謝妳提供寶貴的訊息，不過我對地球人的進化有很多疑問。接下來，讓我們進行Q&A吧，我Q妳就A。」

維那思老師：「沒問題，請說。」

宙思：「Q，阿倫的爸爸為什麼不喜歡阿倫留長髮、戴耳環？」

維那思老師：「A，人類社會有一些傳統的刻板觀念，認為男人就該陽剛，女人就該陰柔的樣子。阿倫的家中都是姊姊，所以他從小就對女性比較熟悉，行為和興趣也比較女性化。阿倫作女性化的打扮，讓觀念保守的爸爸覺得很看不慣。」

宙思：「Q，阿倫想當髮型設計師，這是一種追求美的行業，就像畫家一樣，為什麼不能被爸爸接受呢？」

維那思老師：「A，這也是來自傳統上對角色的認同感吧。男性如果從事比較陰柔的工作，常會招來異樣的眼光。」

宙思：「Q，男性做傳統認為較女性化的工作，表示他的性別認同是女性嗎？」

維那思老師：「A，可能是，也可能不是，在沒有表態前，誰都很難說得準。許多服裝設計師、花藝師、舞者、反串表演者的性別認同的確較偏向女性，我們應該抱著尊重的態度，不必過度揣測。」

宙思：「Q，地球上的男生一定要孔武有力、陽剛豪邁嗎？女生一定要溫柔賢淑、內向安靜嗎？」

維那思老師：「A，沒有固定標準。」

宙思：「Q，為什麼強勢的女人會被冠上『男人婆』的稱號？為什麼男子氣概的女生可能被形容成『爽朗』，陰柔的男性卻很少被形容成『優雅細膩』？」

維那思老師：「A，不同文化有不同的判斷，沒有標準答案。」

宙思：「Q：地球上的學生如果有性別認同的問題，該怎麼辦？」

維那思老師：「A，在校園都有輔導老師，可以提供諮詢的服務，而且為了保護個案，輔導老師基於專業倫理，會絕對的保密。如果有信得過的好同學或朋友，也可以傾吐而得到情感上的支持。」

宙思：「嗯！經過Q&A，我願意相信，地球是有希望的。」

## 維那思老師發現的「性別討論區」

卡通迷：花木蘭是一個名聞中外的超級「男人婆」，大家不是很愛看嗎？

善變者：觀念為什麼不能改變？男生為什麼不能設計髮型？女生為什麼不能鍛鍊肌肉？

小王子：性別翹翹板上為什麼要「重男輕女」？我是男生，就常覺得壓力好「重」，什麼時候可以「輕一點」嗎？我快被長輩的期望壓得喘不過氣了。

# 和機器人蘿蔔頭競爭的未來

## ——曼陀羅思考法

維那思老師：「大家記得上節課我們進行了一半的『未來同學會』嗎？你們是不是都想像了自己的未來，那可不是夢啊！」

「我抓到了恐怖分子，你們就不會做惡夢了。」大強得意的說。

維那思老師從隱形眼鏡中見到地球的未來，她說：「可是不久之後，人類用來對付恐怖分子的，將不是真人，而是遙控機器人。」

「什麼？機器人會搶了我的工作？」

維那思老師點點頭：「將來前線的士兵都會被機器人取代，所以你如果想當軍人，也要培養其他專長，例如資訊。」

「我好愛機器人唷！我都叫它蘿蔔頭，我們家就買了一個會掃地的蘿蔔頭。」戴毅遠興奮的說，「我還跟爸爸預定一個寵物蘿蔔頭，當作我今年的生日禮物。蘿蔔頭不是越多越好嗎？」

「這是什麼冷笑話？」大強哼了一聲，「一點都不好笑。」

維那思老師說：「我知道毅遠在說什麼，毅遠說的蘿蔔頭就是英文的機器人Robot，這個字最早出現在科學幻想小說裡，原本的意思是奴隸。既然你們喜歡，那我們就把機器人叫做蘿蔔頭吧！」

「我也愛吃蘿蔔頭耶！」可玲笑得好甜。

「蘿蔔頭不見得都可愛。就像諾貝爾發明了炸藥，讓人類在開山闢路上省力許多，卻因此帶來災禍，導致戰爭更可怕，也破壞了自然生態。」維那思老師繼續說，「機器人的發明同樣會對人類造成威脅，例如會讓很多人失業，說不定將來秋紅的大飯店都聘用機器人當員工了。」

「不會吧？」秋紅驚訝的說，「那服務生不都要失業了？我本來還想，既然大強當不成軍人，就來為我工作吧！」

「哼！高薪聘我當總經理，我還要考慮考慮呢！」大強生氣了。

維那思老師說：「大強說得也沒錯，將來服務業大部分是管理人員，服務生就聘得不多。讓我們看看目前人類已經做到的──日本有個怪怪旅館，他們的蘿蔔頭包辦了大部分服務，例如櫃臺接待人員是由恐龍蘿蔔頭擔任，還精通中、英、日、韓四國語言。」

「真人比蘿蔔頭好！」大強堅持。

「不一定喔，蘿蔔頭與真人各有長處。」維那思老師說，「你們想不想看看在工作上，蘿蔔頭和真人比起來，誰比較不會犯錯或故障？誰比較有效率？誰更能提供高品質的服務？」

維那思老師眼睛一亮，藏在眼睛裡的水晶球隱形眼鏡射出光芒，大家在虛擬實境中好像來到日本觀光。

「ＤＤ——哈囉，你好，我是恐龍接待員。」走進怪怪旅館，好驚奇唷！蘿蔔頭態度親切有禮，從大廳接待、入住確認、整理寢具、製作餐點、整理桌面碗盤、洗衣服務、按摩、健身教練、安全防護、清理垃圾……，都做得又快又好。收帳呢？蘿蔔頭刷一下電子貨幣卡就好了。

「你看吧！還是機器人比較好。」戴毅遠說。

大強嘟著嘴反駁：「誰說的？還是真人好，不然你要娶蘿蔔頭老婆嗎？」

「這個問題答案不只一種，」維那思老師搖搖手，「這就好像在問『假花美還是真花美』，大多數人會選真花，

圖/李祥銘

所以當然還是真人服務更寶貴，未來高級飯店的真人服務生，可能都像現在航空公司的空中小姐、空中少爺一樣外表出眾、學歷很高，還精通各國語言，可是想住這種旅館一晚，可能要幾萬元，而住蘿蔔頭服務的旅館只要兩千元。」

「那麼貴的飯店，生意會好嗎？」戴毅遠懷疑的問。

「應該是不用擔心，很可能窮的人越窮，富的人越富，恐怕飯店想訂都訂不到。」維那思老師說。

秋紅問：「那我開個蘿蔔頭旅館，生意一定很好吧？」

維那思老師說：「也許好一陣子吧！但等到越開越多，就會開始降價競爭，不容易賺錢了。」

「那到底我要雇用真人好，還是用蘿蔔頭員工好呢？」秋紅偷偷看著大強。

「你們說呢？」維那思老師問。

「真人好！真人好！」「蘿蔔頭好！蘿蔔頭好！」大家為此吵成一團。

「真是好問題！引起這麼熱烈的討論。」維那思老師微笑著說，「大家提出想法來吧！」

突然靜悄悄的，大家不知道要說什麼。

「別怕，我們自由聯想，想到什麼都可以說。遇到頭腦卡住的時候，就要用方法做創意思考。」維那思老師的粉筆咻咻咻，馬上畫了一個九宮格，「讓我們用『曼陀羅思考法』來幫助思考。格子最中間是思考的主題，接下來大家一起想一想，蘿蔔頭有什麼優點？」

| | | |
|---|---|---|
| | | |
| | 機器人的優點 | |
| | | |

「工作效率比大強高，嘿嘿……」毅遠笑。

秋紅說：「不用付他們薪水，也不用擔心員工對福利滿不滿意。」

「他們會聽從我們的命令。」妙麗說，「如果班上都是蘿蔔頭，我說什麼他們都會聽，掃廁所也不會怕髒。」

「聽說現在有人工智慧的蘿蔔頭，會自動學習，不用怕單調無聊。」擔任學藝股長的巧克力笑著說，「買一個這樣的蘿蔔頭來幫忙教大強訂正習作，就不會把自己氣得要死，也不用怕大強亂發脾氣。」

於是，維那思老師已經將重點寫進格子裡，說：「這樣看來，我把大家說的機器人的優點記下來，從左上方逆時鐘圍繞了一圈，還真不少啊！會自主學習，從不拒絕任何艱險或無聊的任務，讓人類能專注於做自己愛做的事。看起來真的非常理想。」

| | | |
|---|---|---|
| 1工作效率高 | 2沒有勞工福利問題 | 3無意見的遵從各種命令 |
| 8不嫌髒、不嫌累 | **機器人的優點** | 4能自動學習 |
| 7不怕單調無聊 | 6不怕艱難危險任務 | 5十分理智 |

「抗議！抗議！」大強舉高右手喊，「蘿蔔頭搶走我的工作機會！這樣我怎麼賺錢花錢呢？而且買得起蘿蔔頭的有錢人，不就跩得不得了！」

「大強別難過。」維那思老師拍拍大強：「接下來，讓我們用曼陀羅來分析蘿蔔頭的缺點。」

「蘿蔔頭冷冰冰的。」可玲甜甜的說，「哪像我們大強，懂得關心秋紅老闆？」

「是啊！我就像個電暖爐，根本不用插電。」大強終於笑了，「哪像蘿蔔頭那麼不環保？」

奇斌說：「蘿蔔頭不會寫故事，不懂得欣賞我畫的漫畫，但是大強懂，大強比蘿蔔頭有感情。」

維那思老師把同學們的意見，寫在九宮格裡。

| | | |
|---|---|---|
| 7不會創作 | 8沒有感情 | 1剝奪就業機會 |
| 6造成環保問題 | **機器人的缺點** | 2擴大貧富差距 |
| 5缺少人性的關懷 | 4利潤集中在少數人手中 | 3降低人類消費能力 |

維那思老師說：「這樣看來，機器人的缺點也繞了一圈，似乎更嚴重呢！事實上，在工業方面，已經有蘿蔔頭從事工廠自動化生產了，像是汽車製造廠，已經排擠了許多工人的就業；將來還會出現蘿蔔頭士兵，從事作戰與救災任務，搶

占軍人的工作。」

秋紅說：「比較了優缺點之後，我還是喜歡由真的人來服務。大強，高薪聘你當總經理，開心了嗎？」

## 維那思老師的心電筆記

研究發現，地球人的機器人科技發展至今，雖然不超過百年，可是現代的機器人越來越伶俐，已經成為最夯的產業革命，例如日本新宿區機器人餐廳、美國矽谷的飯店使用機器人服務生，日本靠「機器人生產線」讓汽車工業傲視全球。先進國家不但藉「機器人旅館」、「機器人餐廳」、「機器人舞團」大發利市，機器人還擔任危險任務，例如拆炸彈、火場救援、災區營救、輻射處理等，還能深海潛水挖掘古蹟，尋找空難的黑盒子（飛行紀錄器），且已上了太空站，登陸過月球和火星。它們的本事真是上天下地，無遠弗屆啊！

## 維那思老師與孩子們用六頂思考帽，分析機器人的優缺點

### 一、機器人的優點

藍色思考帽：機器人比真人更好管理，沒有情緒問題，不會產生勞資糾紛。

黃色思考帽：機器人可以為社會帶來許多值得「按讚」的貢獻，例如拆炸彈、在風雨中指揮交通。

紅色思考帽：機器人是人類的好幫手，我們應該喜愛他、珍惜他！

綠色思考帽：機器人是人類的寶貝，我們可以為它創作更多的科幻小說。

黑色思考帽：機器人忠誠又不怕艱難，危險和無聊的任務都可以交給它。

白色思考帽：機器人優點多，人類應該分析如何掌握它們。

## 二、機器人的缺點

藍色思考帽：人類的欲望是管理不住的，機器人會成為資本家掠奪的工具。

黃色思考帽：機器人帶來許多科技與人性衝突的問題。

紅色思考帽：機器人會引起失業者忌恨。

綠色思考帽：在文學藝術等創作領域，機器人無法取代真人。

黑色思考帽：如果機器人取代人力，許多無業遊民會變成自暴自棄的「怪咖」，造成社會動亂。

白色思考帽：機器人已經造成很多人失業了。

### 蘿蔔頭充斥的世界

毅遠：「我還是好喜歡蘿蔔頭。真希望能到一個有很多蘿蔔頭的世界看看。」

「又在講冷笑話？」大強哼了一聲，「冷死我了，一點都不好笑。」

維那思老師說：「我們就走出同學會的會場，去看未來的世界吧！」

話才說完，維那思老師眼睛一亮，大家的眼前又出現了虛擬實境。這是幾十年後的世界……

「哇！到處都是蘿蔔頭！路上指揮交通的、開車的、送貨的，都是蘿蔔頭。店裡收費的、補貨的，也全是蘿蔔頭。」毅遠驚訝的說。

「天啊！醫院裡打針、抓藥、檢驗的，一樣是蘿蔔頭！」可玲說，「更想不到的是蘿蔔頭會學習，會不斷分析資訊，會更新程式與零件，然後它們就不再需要人類，甚至自己會複製自己，成為宇宙中的一種奇怪生物。」

妙麗說：「看來在未來的美好世界裡，蘿蔔頭會自動自發、日夜無休的忠誠服務，人類不再需要從事危險、枯燥的工作，人類有更多的時間運動。」

維那思老師點點頭：「人類的休閒生活品質提升，也會更健康，有更多精力可花在創造性的文學藝術活動上。」

「對呀！蘿蔔頭世界也有好處呀！大強，我們可以一起拍電影。」安靜的奇斌終於發言，「我來當導演，或是攝影師，你當明星，來演鋼鐵人的故事。」

妙麗說：「我最想當醫師或老師，這些都不能由蘿蔔頭來當吧？不然就變成蘿蔔絲了。」

維那思老師：「說得對！需要創意和判斷技巧的工作，蘿蔔頭沒辦法取代。」

巧克力說：「至於我呢，我當護理師也不是蘿蔔絲，有機器護士的幫忙，就不必太辛苦了。」

這時候，電視新聞報導：「大批失業人口正走上街頭抗議，公寓管理員、保全人員、餐廳服務員、櫃檯接待員等非技術人力工作都由蘿蔔頭取代，尤其是較危險、辛苦與骯髒的工作，原本是弱勢就業族群的就業機會，幾乎完全消失。各國政府要面對龐大的失業難民，這將是全球延燒的災禍。」

戴毅遠說：「也許這是人類的困境，更需要我這位總統來解決，大家投我一票吧！」

「我也來說個冷笑話。」大強取笑，「哈！你的競爭對手姓羅，名蔔糕，因為他是蘿蔔頭裡地位最高的，所以叫蘿蔔糕。恐怕你會落選喲！」

維那思老師說：「看到未來的蘿蔔頭那麼多，人類要重新發現工作的價值，不再只是賺錢，而是自我肯定的追尋，比方說可玲當護理長就有付出的樂趣，醫護人員最大的價值是關心病人；奇斌成為藝術家，把美分享給人類，就會更有自信。若美夢成真，地球就會成為更理想的地方。」

「那我們選工作要避開哪些職業呢？」妙麗問。

「讓我們回到現在，雖然機器人已經開始搶人類的工作，」維那思老師說，

「但樂觀點想，還是有許多人懂得把握時機，成為設計、生產與維修蘿蔔頭的好人才。世界經濟大國都在比賽誰最會種蘿蔔頭，服務型蘿蔔頭最受歡迎，所以最可能取代人力的工作，包括收銀員、製造業工人、電話客服人員、會計等，就業時應避免。至於比工業蘿蔔頭更需要與人互動的科技人才，像是人工智慧、語音辨識、與人對話、自動化學習以及各種感測技術的研發人員，多學習這類的技術，或許是最熱門的工作。」

「看來如果要從事管理蘿蔔頭的工作，我的數學就不能再不及格了。」大強擔心的說，「不過這很難，我還是和奇斌一起拍電影好了。其實，我很有演戲天分呢！我幼稚園就演過變形金剛。」

「變形金剛不就是把變形蘿蔔頭穿在身上？」毅遠大笑。

「我哪像你那麼愛吃蘿蔔？小心放臭屁。」大強反過頭來笑毅遠。

「別太擔心，相信自己，學會蘿蔔頭不能取代的技能。」維那思老師安慰大家，「不管未來世界如何，你們這群鑽石寶貝，在我眼中都是天才，永遠都比蘿蔔頭更珍貴。」

### 維那思老師的心電筆記

機器人恐怕會使人類世界原本就難解決的經濟問題更加嚴重，整個社會結構可能會像大地震一樣，產生駭人的鴻溝：少數人過著帝王般的生活，大多數人淪為機器人王國的奴僕。

將來或許會出現新的社會階級，金字塔頂端是擁有許多機器人的企業家，再往下是部分無法被機器取代的領導階層，接下來是維修機器人的勞工。至於沒有就業能力的人比例會很高，將處於被踐踏的底層。

## 地球人的「機器人討論區」

新灰姑娘：將來我竟然要和機器人搶工作！最熱門的工作成了「生產和維修機器人」，人類根本是搶著當機器人的奴隸咧！

未來小子：人類的體力、智慧、健康都沒有機器人好，未來的「大確幸」和「小確幸」，恐怕只能支付電子貨幣去請教機器人了。

羅伯特：機器人是誰發明的？簡直比諾貝爾發明炸藥還恐怖，應該也要成立一個「羅伯特獎」，不，應該叫「蘿蔔頭獎」。

知識補給站

## 曼陀羅思考法

「曼陀羅思考法」是日本今泉浩晃博士根據日本空海大師從青海藏傳佛教寺帶回日本的「胎藏界曼陀羅」和「金剛界曼陀羅」為靈感基礎，所研發的思考法，目的是將「知識」轉變為具有執行力和判斷力的「智慧」，可用於學業與工作上，促進並誘發更多的靈感。

這是以九宮格為基礎，將主題置於中心。利用曼陀羅思考法，跳脫平日單一的直線思考，讓思路四面八方開拓出好創意，也增加思考的深度。

## 曼陀羅思考法的妙用

曼陀羅的「魔術方塊」，有很好的視覺效果。因為能做到「一目了然」，靈活程度超過一般逐條記錄的想法，思想在向四面八方發展之時，能更自由的激發創意，克服直線思考不易轉彎的缺點。也可以說，曼陀羅思考法偏向「視覺化」的思考。利用曼陀羅圖形整理出條理，若再加上「螺旋式」和「擴散式」兩種方向箭頭的引導，可以簡單發展出兩種有力的思考。

### 一、輻射擴散的發散思考

最適合用在列舉創意的時候，鼓勵自己一下子列舉出八個點子。迅速有效，能夠快捷的擴展思考的廣度。

### 二、順時鐘式的步驟思考

以順時鐘方向為起點，每一個格子代表一個步驟，每一個步驟又引發下一個步驟。可以迅速構思出計畫進行的程序，藝文創作時也可以立即產生執行步驟。

每個格子盡量以簡短的詞語填寫，才能像地圖一樣發揮功效，善用視覺效果，幫助頭腦條理分明、步驟清晰，也就能轉「識」成「智」——把資訊、想法轉換成實際領悟與行動。

## 九宮格筆記

日本的今泉浩晃博士運用曼陀羅思考法，產生了可以實作在筆記本中的九宮格筆記。用九宮格筆記思考，就是在筆記中畫出九宮格，然後透過從中心發散到四周的脈絡，在一個「聚焦的視覺圖形」中整理思緒，既展開創意思路，又能集中自己思考的焦點。

九宮格筆記可以讓思考迅速轉成行動方案，方便快速記憶，也很適合寫作文或報告的架構發想。

# 吵吵鬧鬧的開心之旅

維那思老師宣布，這次連續假期，寫的功課不多，但是有一樣很花時間的功課，是她要做的妙實驗。

「老師，功課出少一點啦！我們要出去玩。」戴毅遠大聲抗議。

「沒問題，這個功課，就是要你們一起出去玩。」

「什麼？」大家不敢相信，都皺著眉頭，以為要交一篇遊記或日記。

「要交的功課，就是學習溝通，怎樣才能學習溝通呢？最簡單的方法，就是一起去玩。過程中，大家一定會有不同的意見，我要看你們怎麼解決問題。別忘了，你們在想什麼我都知道！」

「那我交吵架的作業可以嗎？」戴毅遠搞笑的問。

「可以，吵得妙可以得高分唷！」維那思老師笑著回答，「吵架不盡然是壞事，用對方法，還能學到溝通的技巧，能更了解別人，也更知道和諧的可貴。你想當議員，就不要怕衝突。」

假期的第一天早上，大家約好在校門口見面，準備出遊。

秋紅興奮的說：「我們去逛百貨公司吧！大家一定都喜歡。」大強搖頭：「哼！女生真自戀，就愛逛百貨公司，把自己打扮得美美的，自以為錢多啊？我才不要咧！我們去網咖打電玩。」

秋紅一聽變了臉色：「打電動在自家電腦打就好啦！真是個電玩瘋，連出去玩都還想著電玩？」大強生氣的舉起拳頭罵道：「妳不知道本大爺家買不起電腦啊？」秋紅又氣又委屈，立刻淚眼汪汪。

維那思老師在水晶球裡看到他們的爭吵，她感應到秋紅和大強本來就不對盤，特別容易吵架，於是念起咒語：「倒帶，倒帶，好言好語。」

大強說出自己的感覺：「我又沒要買什麼東西，覺得逛街滿無聊的，可以改成去網咖嗎？」秋紅說：「我打電動都在自家電腦上打，我對玩網咖沒多大樂趣，可以換別的方案嗎？」

妙麗說：「大強，不是我愛說你，你一開始就批評了所有的女生，你知道嗎？」

大強做了個鬼臉，笑得有點靦腆，口氣也變柔了：「唉呀，不好意思喔，不是故意的。」只要黑貓女說話，大強就好像變成了一隻等待公主親吻的青蛙。

大議員開始發表他的高見：「遇到衝突時，要避免批評對方的『人』，避免刺傷對方，我們要針對事情討論。」

大強嘟起嘴：「你這傢伙，少教訓人！誰叫她踩到了我大強的地雷！」

「你們別吵了，聽我說！」妙麗說，「我的想法一定好，我們搭平溪線小火車去參觀黃金博物館，你們說好不好啊？」大強皺著眉頭說：「媽呀！我會在博物館睡著。」其實他心裡還想著電玩。秋紅哼的一聲，撇過頭去，心想這模範生的意見雖好，但是太乖了，不能滿足逛街的樂趣。

維那思老師念咒語：「說清楚，誤會消失，呼——」

「很多人都會覺得自己的想法最好，」毅遠說，「即使是最好的想法，也不一定能得到最多選票，更何況，你們還沒聽本大議員的意見呢！我最會『敲』事情了。今天大家好不容易等到放假，大強和秋紅只想輕鬆一下，都不願意逛博物館。如果討論沒共識，那麼就只能各走各的，很可惜。」

毅遠問秋紅：「你想在百貨公司享受購物的樂趣是嗎？」秋紅回答：「不完全是，其實也不一定要逛百貨公司，逛老街或火車站的地下街都可以。」毅遠問大強：「你很想玩線上遊戲嗎？」大強說：「也不完全是啦！我只是想玩得刺激一點嘛！」毅遠問：「這麼說，遊樂場也可以囉？」大強露出笑容：「是啊！是啊！我最喜歡開賽車了。你這議員，問這些做什麼呀？怎麼都說些『有的沒有的』？」

維那思老師對水晶球念起咒語：「雙贏三贏，大家都贏。」

「這才不是『有的沒有的』！」妙麗立刻靈機一動，「我有一個妙點子。我們去坐平溪線小火車旅遊，一起去逛老街。」秋紅接著說：「然後回程時在臺北火車站一起吃個飯，地下街什麼都有，想玩電玩的自己去玩，想逛街的自己去逛。」可玲一聽，鼓掌贊成：「真好，這滿足了大家的需求耶！」

「走吧！我們去搭火車。」秋紅說。

好不容易達成共識，可是大強的脾氣卻又拗了起來，「我心情有點不好，我不想去，你們去好了。」

秋紅知道大強還記恨，大強和秋紅看看對方，都發出哼的一聲，轉過頭去。

維那思老師又對水晶球裡的大強和秋紅念咒語：「不怕吃虧，下臺階，兄弟姊妹，耶！」

　　秋紅低頭說：「我不是故意這麼說，我以為考完試爸媽都會讓我們玩電腦，可是不曉得你家沒電腦，我們特別留時間讓你去玩賽車好嗎？」大強的心變柔軟了，臉紅的說：「不好意思，我好像嚇到妳了，還罵了所有的女生。幸好妳和妙麗想出了好辦法，謝謝喔！」秋紅微笑的說：「也要謝謝你願意配合。」

## 維那思老師的心電筆記

### 發現一

大強一開始就批評女生，令對方反感。而秋紅反過來批評，則讓自尊心脆弱的大強瞬時爆發脾氣。

### 發現二

第二次秋紅和大強只是和緩的說出自己的感覺，這樣的討論方式不會刺傷對方，而且還有積極的意義，就是傾聽。想要避免衝突，一定要懂得「積極傾聽」——站在對方的立場，尊重、接納對方。

## 發現三

好的溝通方式，應該是針對事情，平靜的說出自己的感覺，要說「我覺得如何」，而不是「你哪裡有問題」，否則批評的摩擦會讓人不歡而散。「陳述自己的感覺」和「批評對方想法不合理」的差別，如下表：

| 陳述自己的想法 | 批評對方想法不合理 |
| --- | --- |
| 1讓對方了解自己 | 1讓對方感受威脅 |
| 2讓對方重新思考 | 2讓對方設法辯論 |
| 3不會激怒對方 | 3會引起對立 |

## 發現四

表達的內容不夠明確，或者聽的人聽不清楚，都容易造成衝突，所以可以複述對方的話來確定。

## 發現五

思考大師愛德華・波諾有句名言：「如果選項有兩個，選第三個」當A方案和B方案只能選一個，選擇C方案吧！

大家開心的出發了。火車上有說有笑，平溪線沿途是翠綠的山丘、淙淙的溪水，大強開心的說：「我從來不知道臺灣有這樣的好地方。」戴毅遠糗他：「剛剛是誰說只要待在網咖就好的？」大強聽了馬上去搔戴毅遠的癢，兩個人笑得扭

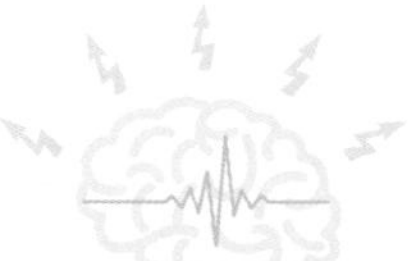

在一起。

逛了老街，大強不久就餓了，拉著大家去吃滷肉飯。秋紅不高興的垮著臉，把妙麗、毅遠拉過來，小聲的說大強很粗魯，愛吃的東西很油，要他們別跟大強去，讓大強帶著奇斌去就好了。妙麗問：「奇斌，你真的要吃滷肉飯嗎？怎麼都不表示意見呢？」奇斌委屈的嘟著嘴：「吃什麼我都好啦！我不太會說話，而且就算我說了，你們也不會聽我的。尤其是大強，還會罵我，秋紅也會嫌我。」

大強豪邁的說：「我可沒有勉強人喔！我只是看奇斌的身體弱，應該多吃點飯嘛！」

可玲說：「大強其實是好心啦，也不是那麼霸道，可是『好』同學總是只會配合別人，還是讓他自己選比較好。我建議先去吃這裡有名的米粉湯，然後去逛老街，逛餓了，再去一家庭園餐廳喝下午茶，那邊景觀好又不貴，只是離這裡有點距離。」

毅遠說：「巧克力說的話果然『好吃』，贊成的舉手！」

除了大強，大家都舉手。大強也不好意思勉強奇斌，最後還是跟著大家一起走了。

吃完美食逛老街，大強和毅遠最愛射氣球，其他人都被小天燈紀念品吸引。逛了好一會兒，可玲宣布下午茶時間到了。

這時大家都逛得腳有點痠，毅遠不想走路去，提議坐計程車，可是大家都覺得太貴了。但毅遠堅持：「走得累死了啦！大不了我出錢嘛！」這下大家願意了，只是毅遠、妙麗、奇斌、大強、可玲和秋紅加起來，總共有六個人，沒辦法擠一部車。這下又該怎麼辦呢？大強喊著：「愛逛街的走路，逛個夠！」秋紅聽了大喊：「男生體力好，才應該走路！」

接著就是反覆的比大聲，「男生走路！」「女生走路！」「男生走路！」

「女生走路！」

毅遠更大聲喊：「抗議！抗議！」

只有一個人沒有在那裡比大聲，那就是妙麗。

「夠了！抗議無效！比誰聲音大有用嗎？」妙麗說，「你這議員這次怎麼不協調了啊？變成代表利益團體了？有話好商量。既然沒辦法公平分配，我建議抽籤或猜拳，說定之後就別吵了，或者給走路的人一些補償，例如請他們吃下午茶，看是否有人願意退出。」

「我出錢的人不用猜，你們幾個猜吧！五個選三個。」毅遠說。

「我才不想讓你請。」妙麗後退一步說，「我走路，等一下經過黃金博物館，我就進去逛，你們吃下午茶聊天，我會去找你們，不見不散。」

「那我跟妙麗一起走路。」大強出乎大家意料的竟然這樣說。

「好啊！這樣才有接近黑貓美女的機會。」毅遠笑嘻嘻的說。

「才沒有呢！那是因為我爺爺曾經當過礦工，我對那些很好奇。」大強緊張的抗議，「喂！議員就可以亂說話嗎？如果哪天你真的當上議員還得了？」

「好啦，好啦，開玩笑的。」毅遠說，「我們各玩各的，大家再一起放天燈，你們說好不好啊？」

「嘿，你不是說逛博物館會睡著嗎？」妙麗俏皮的拉緊帽子說，「那我們比賽誰先到黃金博物館。」

接著，只見妙麗像輕盈的黑貓向前飛奔，大強卻挺著肚子急急追趕，兩人的背影還真好笑。

毅遠說：「蟑螂不是跑得很快的昆蟲嗎？怎麼落後那麼多？」

秋紅說：「人家黑貓女是騎著掃把送宅急便的啦！看來大強要『追』上妙麗，是比蟑螂飛上天還難喲！」

傍晚，大家各自心滿意足的在庭園餐廳前會合。天色漸漸暗了，接下來是今天的高潮——放天燈。每個人在天燈上寫下自己的願望。大強偷偷畫了一隻黑貓和一顆愛心，毅遠希望得到「知心好友」，秋紅希望人際關係更好，妙麗希望送宅急便的父親平平安安……。當天燈裊裊升起，就像一顆顆在地球上玩累的流星回家了。大家抬頭仰望時，發現天上有一顆星，最早出現，也最光亮，那就是金星Venus。看到Venus，彷彿覺得今天所寫的心願都會實現。大強說：「我們別忘了祝福老師唷！」

「看！是維那思老師耶！」

這次的旅行圓滿結束，當他們從車站出來，正要回家時，大強第一個大喊：

大家七嘴八舌的搶著說話：

「老師，妳怎麼在這裡？」

「妳知道嗎？我們雖然有吵架，可是玩得好開心唷！」

「我們也有在天燈上祝福妳唷！」

「老師，我們都好愛妳唷！」

維那思老師真高興有這群學生，帶給她許多發現，也證明地球人是貼心、可愛、可以進化的，她決定把這個訊息向金星總部報告。她神祕的笑著說：「我知道，我全都知道，孩子們，你們都是我心目中的鑽石。」看著大家，她看到了地球的希望。

## 維那思老師的心電筆記

### 發現一

一開始，大強就得罪了秋紅，秋紅懷恨在心，但又不願當面和大強再吵，所以就在大強背後批評他。秋紅的個性比較「陰柔」，又很要面子，聰明的人不會當面去得罪她。

## 發現二

奇斌雖然都不表示意見，但並不是不在乎，其實他總是委屈自己，忍氣吞聲，壓抑自己內心的衝突。

## 發現三

化解衝突最難的地方，往往在於說「對不起」，總覺得就算自己明知也有錯，但如果不爭執己見，彷彿就吃虧了。這時候，如果有一方願意先找臺階下，就像秋紅說自己不知道大強家裡沒錢買電腦，自然能讓正值高點的衝突降下來了。

當雙方意見有衝突時，依照以下六個步驟，就可以輕鬆的化解囉！

## 化解衝突的六個步驟

1. 深呼吸，冷靜下來。
2. 和緩表達自己的感受。
3. 重述對方的話，確認對方的意思。
4. 了解並接受對方的需求。
5. 找出雙贏、全贏的方案。
6. 表達善意、稱讚與感謝。

## 發現四

地球人在教導人際溝通的技巧上，有項知名的「卡內基人際關係訓練」，其中最關鍵的原則有三個「不」：不批評、不責備、不抱怨。尖銳的批評和攻擊，所得的效果都是零，只會引起對立和互相傷害。每個人都可以表達感受，同時也應該多了解別人的感受，這樣就能正向積極的溝通。

### 維那思老師的讀心術觀察

維那思老師用讀心術，發現毅遠在回家的路上，已經彙整了一份心靈筆記：

一、我這個大議員在「敲」事情的技術上，還有待加強。每個人都有自己的想法，但是為了團體和諧，就要想辦法幫大家「圓」起來。今天好在有妙麗，先是提出遊玩的方向，後來又解決了去吃下午茶的問題。嗯，這個黑貓女果然有本事，我得學起來。

二、說話真是一門大學問，有時候說者無心、聽者有意，就戳到對方的痛處了。大強看起來粗枝大葉，但是心裡還是柔軟的；秋紅講話有點「酸」，不過她不是故意要傷人的。我有時候也是太愛亂說話、太愛開玩笑了，一不小心就會說錯話、得罪人。好吧！為了我光明的未來，我要加油、再加油！……嗯，我彷彿聽到群眾的歡呼聲：凍蒜、凍蒜！

國家圖書館出版品預行編目資料

維那思老師的鑽石班 / 王洛夫文 ; 手路圖. -- 初版.
-- 臺北市 : 幼獅, 2017.12
面 ; 公分. -- (故事館 ; 52)

ISBN 978-986-449-099-8(平裝)

859.6 106022406

故事館052
維那思老師的鑽石班

作 者＝王洛夫
繪 者＝手路Chiu Road
出 版 者＝幼獅文化事業股份有限公司
發 行 人＝李鍾桂
總 經 理＝王華金
總 編 輯＝劉淑華
副總編輯＝林碧琪
主 編＝林泊瑜
編 輯＝朱燕翔
美術編輯＝李祥銘
總 公 司＝10045臺北市重慶南路1段66-1號3樓
電 話＝(02)2311-2832
傳 真＝(02)2311-5368
郵政劃撥＝00033368

印 刷＝錦龍印刷實業股份有限公司
定 價＝250元
港 幣＝83元
初 版＝2017.12
書 號＝984198

幼獅樂讀網
http://www.youth.com.tw
e-mail:customer@youth.com.tw
幼獅購物網
http://shopping.youth.com.tw/

行政院新聞局核准登記證局版臺業字第0143號